U0784139

刺　　　与
月牙渐变色

倪晨翡　著

山东文艺出版社

目　录

我辨识她像辨识宇宙中一个暗淡的球体

而我同样身处偌大的宇宙。

一练七伤，先伤己后伤人。

我也是儿子，我介入另一对母子的关系中，
东拉西扯，拼凑属于自己的母子关系。

七伤拳

　　脚绊住脚，牙齿咬了舌头。

　　李查尝不到我嘴里的锈味，她说起七伤拳，一练七伤，先伤己后伤人。锈味被唾液覆盖，我没接起她的话，七伤拳就打在了空气里。

　　台风过境提前，密实的雨帘被风吹到几乎与地面平行。没一会儿，雨点成了豆子，进了搅拌机，不吐出点汤渣不行。噼里啪啦，东吹西擂，人只能顺着雨走。我和胡先旭被搅进昌隆市场地下一层避雨，整条裤子都湿透了。胡先旭骂了一句，这雨不按常理出牌。过道两侧店铺大多闭着，越往深处越暗，人下意识往亮处看，雨就从亮的口袋涌进来。

　　胡先旭目不转睛地盯着一家门店。他看我一眼，头又转回去。那是一家名叫东雷的店。"东雷×具"四个字颜色各不相同，灯管坏掉的字是"雨"，四点不亮，柳暗花明。我看了胡先旭一眼，大步往店里走。

　　"等下。"

　　我回头。

"店里没人。"

再回头，打量一遍不大的店面，的确没人。

"没事，先进去看看。"

推门，门框上的贝壳风铃发出几声脆响，空气里有一股浓重的塑胶味。各色雨衣雨伞按照颜色、品牌分挂在墙上，雨衣鳞片般件件相叠，雨伞成了墙面色彩缤纷的倒刺。

"有人吗？你好，请问有人吗？"

我回身推开门，看了看胡先旭，问他："怎么不进来？"

"我去上面看看雨还下不下了。"

胡先旭转身，头也不回地跑出我的视线。别回头，回头会早早被鬼抓住。这句话也是我跟胡先旭说过的。

我来家那年十二岁，胡先旭八岁。初次见面，胡先旭躲在一个女人身后，露半张脸，一只眼，拽着女人身上的小衫做掩护。我的目光从胡先旭的脸挪移到女人那格外明显的胸部上时，女人红了脸。我以为没有母亲会因为孩子多看了她的胸部几眼就脸红的。胡先旭是吸食母亲的奶水长大的，跟我不一样，爸说我只喝了三天母乳，想必也是寡淡如水，否则我怎么记不得是什么味道了。我没尝过这女人的母乳，也没机会。爸推了我一把，憋在嘴里的"妈"就自然而然地掉了出来。爸哈哈一笑，说这小子认妈倒认得挺快，是让你叫阿姨。女人的脸几乎成了猪肝色，而胡先旭拽着小衫的手总算是松了。他叫我哥哥，也叫了我爸一声爸爸。有了称呼，这个家就有戏。女人也笑了。

爸拿起沙发上的变形金刚玩具朝胡先旭招手，胡先旭竟大步流星地从女人背后走了出来。玩具拿到手，皆大欢喜。二婚，尤其是双方都带着孩子的二婚，有许多不得不过的坎儿。只是这甜头一开始给得太足，以至于后来爸几乎不再给胡先旭买礼物，胡先旭口头上还是照样"爸爸爸"地叫着。但他偷偷在日记里写道，那个丑男人昨天又睡了我妈。原来称呼是最容易过的一道坎儿。

次年夏天，爸在外应酬跟人喝酒，喝大了，血液中酒精浓度超标，睡死了。妈说，爸是死在了梦中。我不信，她怎么知道爸到底做没做梦。倘若人真的在梦里死掉，那他就只是跟他的梦境告了别；倘若他连梦也没做，那么谁都不知道他魂归何处。那天晚上我也做了梦，我梦到公园里下了好大的雨。那时我总觉得只有公园在下雨，因为爸时常跟我们说，今天有雨，去不了公园了，让你们妈带你们去吧。雨水让池塘成了一个巨大的泉眼，沙石、水草裹挟着上百条比我们胳膊还要长的鲤鱼上了岸。我看见一条金色的鲤鱼跳了几下，跳到一个石墩旁，穿着雨鞋的男孩在石墩上用锋利的石片切割水草，这是他孤独的过家家游戏。男孩捧起那条鲤鱼，用石片轻而易举地划开了它的肚皮。把口袋里的一缕长发铺在地上，用树枝画出眼睛和嘴巴，鱼鳞做成碎花裙、耳环、口红、坡跟凉鞋，一个妈妈就焕然而生了。

升入初中，胡先旭把头发染成过黄色、红色和紫色，一种颜色没褪尽，又染上另一种。不三不四，妈总会拿我的黑发让胡先旭做参照。这是妈对我们的比较，从头发开始，越比较落差越大，直到胡先旭顶着一个光头出现，妈终于闭了嘴。

当时一款名为《龙珠》的街机游戏风靡，男同学之间的话题几乎都是它。课间，我插不进嘴，只有看书。可看书也是装模作样，侧耳听着，心痒难耐。

我第一次壮起胆子走进网吧，二十块钱攥在手里，手塞进口袋。压着，怕见了风，风会把消息吹走。湿漉漉的票子黏在手心，慢慢地，一点点往下揭。心一慌，撕了一角。网管是个跟我年纪差不多大的男孩，瞄我一眼，笑着问，第一次？我没说话，转身往更里面走。在最后一排的角落里我看见了那个光头，胡先旭把几毫米的发茬也染成了棕色，远看就像一颗卤蛋。电脑画面里正在挥拳的人物也是个光头，叫"天津饭"，亦正亦邪但天真纯粹，这我后来才知道。我的心被噎了一下。逃出网吧后，我才想起我甚至忘记找网管退掉还没用的网费。二十元，那是我半个月不吃不喝或许能攒下的零花钱。可我不能不吃不喝。我是妈眼里胡先旭的参照。胡先旭在网吧执迷不悟，即便心痒，我也必须逼迫自己离开。就是这样，参照逐渐变了质，成了一种与它的本意背道而驰的东西。不是我和胡先旭互为参照，而是胡先旭参照我，他本该参照我去生活。我应该怎么做，不应该怎么做，似乎都站在了胡先旭的反面，也站在了一个成长中的少年的反面。抵抗诱惑、抵抗荷尔蒙、抵抗一个与我异父异母的兄弟成了我人生中一件件重要的事。妈说,我只希望你和先旭都能有个安稳的工作,自食其力就好。可妈应该知道,安稳并不容易。就这样,我作为一个所谓的参照被束之高阁。

爸去世后,胡先旭的日记也停了。我无法再通过偷看胡先旭的日记了解他的心境。有什么话他都闷着、锁着,把自己和外界隔绝,不跟妈说,更不可能跟我说。可妈想方设法地想知道,她的方法直接到有些笨拙,比如她甚至给胡先旭找了一个上门心理医生。心理医生撬不开胡先旭的嘴,无可奈何,妈便想到了我。我说我可以试试。妈眼里含着泪花,那样楚楚可怜,她从未对我投入过这么多心思。

有一天妈问我,有没有看见谁碰过她的钱包。我说没看见。这个家里除了我就是胡先旭,妈这话是问我也是问胡先旭。我说,最近看着先旭有点不对劲。妈问怎么不对劲。我说,像是迷上电脑游戏了。妈坐直了身子,问什么时候的事。我问妈丢了多少钱。妈说,二十,倒是不多,可能是我放哪忘了也说不好。我说,二十,看样子先旭应该还没完全沉迷,我好好看着他,找机会跟他聊聊,把苗头灭了。二十块钱成了胡先旭的参照,好像沉迷与否是可以用金钱衡量的。第二天,我跟妈说,先旭说当时走得急,班里收班费,没来得及跟你说,他知道错了,这是他写的检讨。我将那份仿照胡先旭字迹提前备好的检讨书递给妈。妈没打开,只是攥着我的手,跟我说了一声谢谢。

两年前,李查离开家搬进一间不足十平方米的出租屋。她做推销工作，每天打电话，练习出一种温柔到有些矫情的"你好"发音方式。可不知为何，听到李查以这种方式说"你好"，百分之七十的人都会立刻挂断电话，百分之二十九的人会礼貌地说上一句抱歉，只有百分之一的人会走进李查的圈套。我让李查说给我听，用不同的语调说"你好"，我来帮她判断。我以什么为参照物呢？是电话的提示音，虽是英文，但重在语气，不容拒绝的语气，不卑微也不高傲。李查问那是平等吗。我说，也不是，更像我们之间的对话，不是为了说服对方，而是聊天，没有立场的聊天，聊双方的心愿和担忧，但大部分人往往不会对陌生人倾诉衷肠，可其实陌生人才更安全。李查说，这个世界就是不平等的，所以我只能住在那个破出租屋里，听人骂赔笑脸，无论如何，还是要谢谢你，谢谢你愿意听我说这些。

大专毕业后，胡先旭整日待在家里，打游戏，睡觉。卧室的锁设在里面，他把自己关在卧室，只有吃饭上厕所时才会用钥匙开锁。卧室是他的家。一年前，妈希望我能回家住一段时间。妈说，就当为了先旭，也为了妈。我搬回家，但外面的出租屋也还留着。一周后，胡先旭开始早出晚归，朝九晚五，穿一身灰色西装，据妈说那是两年前胡先旭第一次给人当伴郎，去西装店花高价定制的。钱自然是妈出的。我问妈，为什么要买这么贵的西装，只穿那一回。妈说，买贵的以后才能想起来穿嘛，舍得。如今胡先旭想起来了，妈眼瞅着那身西装，嘴上抿着笑，勺子送小米粥进嘴里，流下几滴落在了她的胸前。发现后，嘴上的笑变成恼笑，玩笑，用手一抹。

胡先旭站在南街口下的公交站牌处抽烟，见我来了，掐断了烟屁股，用脚在地上碾了几下，踢进下水道漏网的洞隙。

"哥，咱们去哪儿？"

"什么咱们去哪儿，我得去上班。"

"哥，你也不想看妈伤心吧。"

"话是你说的，你跟妈说你找了份办公室文秘的工作，大事小情都要历练。"

"我答应你了，钱呢？"

"钱不会少你的，这样，我给你找个去处，你跟人家好好学，我每个月再给你加这个数。"我的右手在裤缝处摆出一个二。

"学啥？"

"打电话。"

工作时间打给李查通常无法接通，这是硬性要求，个人手机静音，存放在储物柜。十几个人一个房间，人均一平方米，守着连着电脑自动拨号的座机，一个接一个地拨号，偶有被挂断的空闲喝一口水。我跟主管请了半天假，打算亲自带胡先旭去李查工作的地方。此前听李查说起过一次，昌隆市场地下一层，走一个"回"字形，中心小口右上角的拐弯处就是。

晴天的昌隆市场地下通道依然泛着湿气，地上和地下通过一个有十八级台阶的楼梯相连，截然两个世界。楼上的阳光宝贝摄影、金嗓子音响行早已过了它们的辉煌时代，没趁辉煌时搬离，就要随之衰朽。真正的夕阳行业在地下。光之影碟片租赁、赵文印章以及东雷雨具都成了暴雨前后蛰伏于洞穴的鼠妇。店面是买下来的，耗在这里，等哪一日拆迁，总有个日渐一日消磨的盼头。

因工作的特殊性，李查的公司是流动的，不久前已从昌隆市场搬到一座百货大楼里，挂着美容美发的招牌。对胡先旭来说这似乎并不重要，只要有地方让他待着就行。这样一来，回到家后他就可以跟妈说，他就在昌隆市场工作，在那个童年时妈骑着摩托车载我们去过很多次的地方。

想起来了。当时你在前面，双脚不得不抵着摩托车的前车兜，屁股才不至于掉下去；我在后面，双手死死扣着座椅的下沿，从不敢用手搂妈的腰。妈把摩托车停在地上，带我们去地下市场买球鞋。你不知道选哪一款，最后妈给你选了一双和我一样的。第二天，那双鞋被你弄丢了，你一声不吭，没有大哭一场。妈以为你不喜欢，问我你喜欢什么。我说我从没见过你在哪天是光脚回的家。妈还说，可能真是见了鬼，连她的一双凉鞋也不翼而飞了。当我们返回地上，雨下起来了。妈绕着昌隆市场前停得密密匝匝的自行车、摩托车找了一趟又一趟，没找到她的摩托车。妈说，走吧，我们回家。妈比我想象中更快接受了摩托车被偷的事实，就像她接受爸的死亡一样，不挣扎，不对抗。或许摩托车对妈本就没那么重要。偷车贼把车筐里常备的一把雨伞和一件雨衣留在了墙角。是我先发现的。妈看着雨伞和雨衣却忽然哭了，她默默地哭，眼泪跟雨混为一体。当时我并不明白，这其实不是偷窃者的慈悲，而是羞辱。雨具在这座多雨的小城虽然重要，却也廉价。

风铃声再次响起。胡先旭回来了，他甩了甩湿漉漉的额发。这是信号，雨还在下。

"老板还没回来吧？"

"对。"

"不觉得奇怪吗？"

胡先旭摸了摸铜铸蟾蜍光滑的前额，绕过玻璃柜台，走到收银处。

"你干什么？"我朝店外张望了一眼。

胡先旭拉开抽屉，停顿几秒，抬起眼。

"空的。"

"空的？"

"你自己来看。"

我站在那儿，想起当年妈那辆摩托车失窃一事。妈没报警，自认倒霉。确切来说，在摩托车被偷以前，车钥匙已经不见了。是有人用摩托车钥匙打开了摩托车的锁，然后正大光明地骑走了车。摩托车的钥匙跟其他钥匙共同扣在一个钥匙扣里，偏偏只有摩托车的钥匙不翼而飞。几天后，胡先旭的手里多了一个变形金刚玩具。被我撞见，胡先旭慌忙把变形金刚丢进垃圾桶。我什么都没说。故技重施，甘之如饴，孩子都喜欢甜头。胡先旭舍不得真的丢掉变形金刚，很快，妈也发现了。妈问我那个变形金刚是不是我的，我说小孩子才喜欢变形金刚。

胡先旭低着头，两只手在玻璃柜台里鼓捣着。我绕过柜台，站在狭长的走道口，看见胡先旭用衬衣的下摆套着两只手，正反复擦拭抽屉的把手。

"你在干什么？"

"消除痕迹，把脚印啥的都擦干净，还得擦门把手。"

"我们报警吧。"

"你疯了吗？"胡先旭停下手里的动作，看向我。

这个警早在多年前就该报了，从摩托车到二十块钱，一切都进行得太过心安理得。每日生活如常，而我却不得不时刻警醒于自己的身份。我也是儿子，我介入另一对母子的关系中，东拉西扯，拼凑属于自己的母子关系。

风铃响起。我浑身汗毛陡立，视线追去，推门而入的是一个四十岁模样烫着金色波浪卷的女人。她的头发同样被打湿贴在双颊，身形被雨勾勒得明显，谁都没有脸红。脸红其实是拒绝，是对一段带有某种暴力性的关系的拒绝。

"您好，欢迎光临。"胡先旭的笑抿在嘴角。

女人脸上的妆花了，板着脸，也斜了我一眼。

"要把雨伞。"

"好的，您随便选。"胡先旭侧身，用右手指了指墙上的陈列。

"黄色的那把。"

"五十。"

"五十？"女人和我一样惊讶，类似的伞在超市的售价也不过三十。

"对，五十。"

"那把呢？"

"那把八十。"

"最便宜的，我要最便宜的。"

"最便宜的就是五十，您眼光真好。"

女人沉默几秒后，推门走了出去。风铃声像警笛，把我的心揪得很紧。我拉着胡先旭打算离开这里。整个昌隆市场像一个噩梦，被一场雨催着，发芽，弥漫。谁料我的手刚碰到胡先旭的胳膊，那风铃声又响了起来。

"给我吧，那把黄的。"

胡先旭带着笑，从墙上取下那把黄色雨伞。

"我要新的。"

"对不起，这把只剩样品了。"

女人用一根手指刮开了服帖黏在半边脸上海草般的卷发，招了招手。

"给我吧。"

"对不起，这个码不能用。"胡先旭扣倒柜台上的收款二维码立牌，随之掏出了他的手机，"哥，我的手机没电了。"

我愣在那儿，以为胡先旭还是在开玩笑。可胡先旭的眼神笃定，不容拒绝。他变得陌生，像在一瞬间长大了。

　　"人家还在那儿等着呢。"

　　我从裤子口袋里掏出了手机，不，不是我，而是另有其人，像我第一次走进网吧那天，有一只看不见的手从我的口袋里掏出那二十块钱一样。我无能为力。"哗啦啦"一响，钱到账，一场骗局轻而易举达成。胡先旭骗了她，但五十元却收进了我的电子钱包。从证据来看，其实是我骗了她。

　　"你疯了吗？"

　　"这种感觉好不一样。"

　　"你这是犯罪。"

　　"大不了我花钱把这把雨伞买了呗，这种雨伞撑死三十，那二十我们收着总没问题吧？"

　　"可是，你……你让人家老板怎么想？这就是偷窃。""偷窃"这两个字酝酿了十几年都没能说出口，这次它们溜了出来，悬停在这间暴雨下的无人小店。

　　"真的。"胡先旭说着，将扣倒的二维码立牌翻起，"你如果不安心的话。"

　　我走出柜台走道，往里屋去，想找个洗手间洗把脸。原来我还是厌恨这个弟弟，这种厌恨十多年来有增无减。他太擅长表演一个坏孩子了。他太沉，太重，妈不得不渐渐降低对他的期待，与此同时，也一同降低了对我的期待。我明明可以做得更好，但当我取得出乎妈意料的成绩时，妈就会跟我说，你做得够好了，有时间多帮帮你弟弟。我把胡先旭介绍给李查，引他走上一条只有百分之一可能性光明的路，而这百分之一也是因给他人设计陷阱而存在的。可我也是为了这个家啊，为了我和妈。没有胡先旭，我在妈眼里不过是一个从男孩成长为男人的普通男性。我必须依附于胡先旭，他是妈的儿子，我是他的哥哥。这样，我和妈之间才有了一段必须牢牢扣紧才不至于损失的母子关系。

里屋连着另一条走道，更悠长。我有夜盲症，在幽闭昏暗的环境下，几乎什么都看不见。但好在只要往前走就可以，只有这一条路，能够暂时离开胡先旭也好。我一边走，一边用两只手触摸墙壁，寻找灯的开关。可一直走到尽头，开关也没能找到。最先是鼻子收到信号，闻到一股腐烂的气味，随后摸到一根悬吊着的细绳，一拖，有了光。

昌隆市场的房屋结构几乎都是这样，外面一间当作店面，一条走廊连着里面一间，通常当作起居室，起居室可再隔出厕所、厨房。腐烂的气味似乎是从玻璃茶几上的铁锅里散发出的。走上前，那铁锅里放着一团模糊不清、泛着油光的黑色物质，再一嗅，气味刺鼻。经过茶几、衣架、一条滚出两米多长的卷纸，来到其中一扇门前。里屋共有两扇门，选择这扇主要是因为门的旁边就是一扇窗，我想打开窗透透气。试了一下，插销生了锈，轻易打不开，于是扎了个弓步，将身体后倾，双手死死扣住窄细的窗框。嚓的一声，拉开了。只是那窗外并不如我预想的是地下通道，而是一面墙。

自己被一扇窗欺骗了。墙上有用红色蜡笔画的简笔画，像个没有脸的小人。这是屋子里唯一的窗。

李查不告而别的清早，雨停了，我站在窗前给李查打电话。第一个电话没打通。我看见马路边上有一个穿着黄色雨衣的四脚人，两只在外的大脚穿着蓝色雨鞋，两只在内的小脚穿着红色雨鞋，小脚一左一右踏着水洼。我想起那年妈的摩托车被偷，从昌隆市场回家，也是下了这样的雨。一把雨伞、一件雨衣，我、妈、胡先旭交叉组合，最后的安排是我打伞，胡先旭和妈共穿一件雨衣。他们变成了一个四脚人。胡先旭藏在雨衣下什么都看不见，妈喊着号子，一二一，一二一，胡先旭就勇敢地往前走。摩托车被偷的事似乎已被弃之脑后。我故意走得很快，快到听不见号子。爸说妈当年就是车祸过世的，我不知道车祸发生时妈有没有睡觉，有没有做梦。回头一望，四脚人正站在红灯下。妈看向马路对面的我，雨中，整个世界都融化了。第二个电话，通了。我问李查怎么不说一声就走了。李查说她有大事要办。所谓大事，李查胡作神秘。这令我感到焦虑。几天前，李查遇到了那百分之一，卖掉了一套雨具搭配几样附带品——魔术贴、美白牙膏还有一盒安全套。

重回那条昏暗的走道，左脚绊了右脚几次，仓促、匆忙。胡先旭仍在柜台后，他看见我出来，问："哥，你上厕所上这么久，刚才错过了一单生意。"

"快走，里面有人。"

"有人？在里屋？"

"对，在睡觉。"

"男的女的？"

"没看清，好像是女的。"

"那你怎么不叫醒她？"

"你是真的疯了？"

"疯了，我们现在走了也是疯了。她一睡醒，发现雨伞丢了，怎么办？"

"一把雨伞而已，不至于报案吧。"

"谁知道，你以为谁都跟妈一样？"

我无意中回避了胡先旭的眼睛，眼睛是心的参照。倘若妈当年再向我问出一个问题，有没有看到谁动她的车钥匙了……答案不是我，就是胡先旭。大半倒向一端，我别无选择。可是妈不仅没报警，也什么都没过问。

"妈也不希望这样。"

"你怎么知道？"

胡先旭又一次问住了我。

"哥，我有了工作有了钱，妈就可以安心了。"

"你现在有哪样了？"

"很快就会有的。"

胡先旭走向里屋的过道时我没再阻拦。是觉得自己阻拦不了，还是没有资格阻拦，或许两者都有，或许都不是。胡先旭试图往上爬，他爬上一条错误的路，正因犯了错才有改正的机会，而正确意味着难免有一日会走向错误。这个道理胡先旭比我懂得早。就在胡先旭离开后的半分钟内，风铃声响了起来。

　　"我要退伞。"

　　走进店里的是此前买伞的那个卷发女人。

　　"雨停了？"

　　"没停。不是，雨停不停跟我退不退伞有什么关系，是你们这伞有质量问题，你看看。"女人说着将雨伞撑开，附着在伞面上的雨滴飞溅而出。"这里是不是有个洞？"

　　的确，光从一个指节大小的洞里漏下。可要退也该是胡先旭退，钱是他骗来的，我只是代为保管。一来一回，经我的手，我便成了主犯。我要等胡先旭回来，女人却不依不饶。

　　"再不退我就报警，我打给消费者协会。"

　　"你先冷静一下。"

　　"这样的天回不了家，你还卖给我一把破伞！哎！"女人尖叫了一声。

　　"现在呢，是不是没有洞了？"我凝视着面前的一片黑暗，冷静地说。

　　"怎么回事？"

　　我看不见了，但我能听见女人的声音，以及铝合金的伞骨撞击玻璃的声音。声音是参照物，女人就在我面前，慌乱无措。看来她也有夜盲症，或许比我更严重。我辨识她像辨识宇宙中一个暗淡的球体，而我同样身处偌大的宇宙。我本想趁黑逃走，但意外发现了女人的软肋。逃吧，可即便逃了，那转账记录也仍然存在。

"快开灯！"

"开关在哪儿啊？"

"把灯打开……"

女人的声音逐渐衰弱，她变得无助，像失水的鱼。她的眼睛，她的肺叶，乃至整个身体都在痛，我知道那种痛。她不得不接受这件事，接受黑暗，或早或晚。生活不可能没有黑暗。这样的对峙持续了一会儿，直到风铃声响起。她放弃了她的雨伞。几秒后，我开了灯。李查说过的，七伤拳，一练七伤，先伤己后伤人。

胡先旭从里面走了出来。"哥，我们得走了，死人了……"

"死，谁死了？"

"那女的。"

"她不是好好的吗？"

"不是她，是里屋那个。"

"里屋那个？死了？"其实我并不确定里屋那条棉被下究竟是不是一个人，可我对胡先旭说，对，那是，一个已经死去的人。但我忽略了，以死亡为参照物，难免彼此猜疑。

"嗯……"胡先旭的声音在发抖。

"你看错了吧，她在睡觉。"

"那么响的雷还能睡着？"

"你别自己吓自己了。"

"哥！我亲眼看见的！"

我没再说话。为什么打开门又慌乱关上，左脚绊着右脚从过道逃出来，我当然清楚原因。事实停在怀疑里，至少是安全的。

"哥，我们快逃吧。"

"不行，不能逃，逃了更说不清了。"

"不逃更说不清！"

"有证人。"

"谁？"

"刚才那个女人。"

"你指望她说什么，说我们是那死人的儿子？我们现在唯一能做的就是擦掉所有指纹和脚印，然后离开这儿！"

一切都乱了。脚底下的坐标摇摇晃晃，脑袋里被高速回旋的风铃声、雷雨声、呼吸声充斥。从胡先旭的表演计划开始，我原以为他正要与我亦步亦趋，开始以我的人生为模板仿照着生活，可实际上，胡先旭无形中脱离了我这个参照。或者说，他从未以我为参照物，他始终在孤独地自转。是妈作为太阳，把月亮和地球收拢在她的轨道上，只是日升月落，难免阴晴圆缺。

　　胡先旭的眼睛里有一只灰色的鸽子。我回过头，再次朝那条昏暗的走道走去。我站在那扇假窗前，迟迟没有开门。验证这件事，其实是验证一个韬光养晦了十几年的假象。它蔓延到血肉，与之共生，互为肌理。我还没做好准备，在这之前，我需要先做点什么，例如打个电话，用打电话来缓冲。无论打给谁，我以为我有很多选择。

　　"妈？妈，是我。"

　　"我正想打给你呢。你等着跟先旭说说，钱我凑得差不多了。尽快办吧，别拖太久。"

　　"办什么？"

　　"婚礼啊。"

　　"婚礼？"

　　"嘘……别声张，先旭啊，把人家肚子搞大了。不过，怎么说呢，先旭真是长人了。"妈轻声笑了笑。

　　"把谁肚子搞大了？怎么我不知道这事？"

　　"你弟不让我跟你说，但你是他哥，应该知道。我以为他会先跟你说的，没想到……先旭长大了，长大了啊。但怎么说，你弟干出这事，也没别的办法。听说那女孩也是个孤儿，可怜呐。这会儿还下雨吗？听着刚才像是又打雷了。"

　　"还下呢。"

　　"天不好，你俩不该出去的。先旭听你话，愿意走出去。"

"妈，我们在昌隆市场。"

"在那干啥啊？"

"躲猫猫。"

"躲猫猫？"

"是啊，我和先旭在玩呢。"

"先旭长不大，你也长不大啊？"

"对了，妈，你最近有没有丢什么东西？"

"什么东西？"

"有没有人给你打电话推销？"

"没有，当然没有。家里有的是伞啊。"

"是啊，家里有的是伞，要是现在在家就好了。妈，你有什么要跟我说的吗？"

"刚才不是跟你说了一堆吗？"

"不是，是跟我说的。"

"是啊，都是跟你说的。"

"妈，对不起。"

"怎么了，突然说什么对不起？"

"没什么。"

"那就好。早点回家吧，妈给你们做了糖醋鲤鱼。"

那扇假窗外面的墙面上有一个红色蜡笔画的小人，他住在墙上，永远淋不着雨。对于这座小城来说，这简直是一件不可思议的事。我突然明白，参照物的意义就在于衡量，衡量物与物之间的距离，衡量绝对运动和相对静止，也衡量胡先旭和妈之间的关系，或疏远或亲近，不是我所能决定的。其实，他们从没有真正疏远过，血浓于水。一旦衡量出了结果，参照物便失去了它的意义。作为参照物，也需要寻找参照物来衡量自身与他人的关系。可仅凭参照物判断也会出错。一扇假窗，给人光明的假象，实际上这间屋子根本不透光。我想起那个李查不告而别的清早，半夜里我醒过一次，李查睡在我身旁。我习以为常地偷偷拿起李查的手机，检查短信和聊天记录。

"哥，你还记不记得小时候我们在这儿玩的游戏？躲猫猫，你出去跟老板娘说家里的小孩可能躲到这里了，你是来找他的。"

这无疑是一次故技重施。

"好吧，他会藏在哪儿？"

"或者，还有一个办法。"

"什么？"

"你穿上这个，蒙住头，从走道一直狂奔出去，别回头。"胡先旭捡起茶几下堆叠着的一块暗黄色的布，抖抖，伸展开，是件雨衣。"两个选择，你选一个。"

"先旭，你还有什么想要的吗？"

"什么？"

"比如，小时候你想要变形金刚。"

"我想要钱。"胡先旭笑了笑。

"我给你钱。"

"你给我钱？你有多少钱？"

"我确实没多少钱，你有困难要跟我说。"

"我没困难。"

"你要跟我说，我是你哥。"

"你跟你爸还真像。"

"我爸？"

"我讨厌这个称呼。你和他一样，霸占我妈，霸占这个家。我就是一个坏孩子，不学无术，混吃等死，可那又怎样，这是多大的错吗？不像你，你是好孩子，永远高高在上。他要我向你看齐，他凭什么这么说？他为我做了什么？到后来连妈也这样说。他们一起睡觉，一定是他把妈迷惑了。好，现在我向你看齐了，我听你的话开始工作，我每天低声下气，这就是妈希望看到的。因为你，我在妈眼里什么都不是。玩躲猫猫的时候你为什么不在垃圾桶里多藏一会儿？为什么还要跟着我和妈回家？他死了，你跟这个家已经没关系了，为什么还要赖着不走？"

胡先旭的胸脯上下剧烈起伏，他第一次跟我说这样多的话。这些话不是从日记里偷看得来，它们鲜活，炽烈，转瞬即逝。

"先旭，我不知道你为什么会这么想，你说的这些我真的不知道，但无论如何，你不该骗妈。"

"我从来没想骗妈。我只是想骗你，哪怕一次也好。我想知道你这么聪明，是不是也会被骗，也会犯错？"

雨击打地面，先摔碎自己。碎裂的声音悬在头顶，沉闷、细密，连成一片，让人透不过气。

"骗我？"

"这件事除了李查，妈也参与了，可是妈并不知情。但我会告诉妈，是那个叫李查的女人骗了我，她之所以骗我也是因为你。是你引我走上这条路的，不是我骗了妈，不是……"胡先旭哭了，他哭起来的样子跟妈好像，无助、脆弱，像个孩子，"我会跟妈道歉的。"

房间里的灯灭了。没有人关掉灯，是灯自己熄了。老房子年久失修的电路在台风和暴雨中显露出问题。我听不见胡先旭的声音，听不见雨声和雷声，世界失了真，抽了空，只有一个咚咚咚的频率从暗处响起。

"换我当鬼的时候，我知道你就躲在妈身后，像初次见面时那样，你依然没有长大。我没有去找你，我爬过十八级台阶走上地面，再回来的时候，妈问我头发和衣服怎么湿了，我说是因为到处找你出了汗。在那之前，妈骑摩托车带我们去二舅家，路上突然下起了暴雨，妈从车兜里找出件雨衣，我们三个钻进去，风往后刮，雨衣却往前去，我的后背湿透了，回到家妈让我直接去洗澡。为什么妈从不用毛巾擦擦我的后背？为什么那件雨衣只能向前不能向后？摩托车没了，我们三个步行从昌隆市场回来，妈为什么不多拿两把雨伞？家里明明有那么多雨伞。为什么只有你能和妈一起待在雨衣里？该死，嘴巴里又有锈味了。我牙龈过敏不能吃鱼，但你喜欢，妈还是经常做鱼，好像是我沾了你的光一样。妈从不了解我，连尝试都没有过。是，我承认，我偷钱，偷了车钥匙把摩托车卖了，连你那双球鞋也是被我偷走的。可那钱我没有花，除了给你买变形金刚我一分都没花。那是我应得的，妈给你的爱太多了，我必须从她那里偷来一点才能平衡。但爱要怎么偷呢？它看不见，摸不着，偷起来太不容易了。爱就那么多，不是你多，就是我少。你跟妈说李查是个孤儿，妈也这样跟我说，好像把一个事实说出来就是一个诚实的人了。可你们难道忘了吗，我早就成了孤儿。这么多年，妈是像可怜一个孤儿一样可怜我。你根本不会撒谎，但这次你还是骗到我了，你引诱我做回了一次坏孩子。"

　　这些声音从心里流过，没能蔓延出嘴角。我闭上眼，想起爸去世后我做的那个梦。穿着雨鞋的男孩在石墩上用锋利的石片切割水草，这是他孤独的过家家游戏。男孩捧起那条鲤鱼，用石片轻而易举划开了它的肚皮。

生活就像是被剪碎的螺旋白纸
只有当它被外力拎起时
你才会看到
那彼此交缠的美丽花纹

那一刻，在我心里建筑成的脆弱堡垒，
我认定的事实，我企图讲述的事，全都破了洞。

麦田迷宫

无色、无嗅。无数线条，黑色、红色，互不重合。

A

临近黄昏，一家百货大楼所在的街上突然窜出许多老鼠。当时我就站在街口，我清晰地记得那些老鼠发了疯地朝我袭来。我知道这是在梦里，可仍旧感到害怕。如果它们顺着我的两条腿往上爬，也许很快就会把我吃掉。它们会钻进我的人脑，找到牵连至梦外的某根神经，像顺着藤蔓，用它们那小小的爪子和细长的尾巴，坐缆车一般，全部扑到我惊恐的脸上。

2019年，我在广州读大三。表哥因在菲律宾做生意常年在外，他有一间空闲的公寓说是拜托我打理，迄今我已借住将近一年时间。我留着一头寸发，戴着银色金属边框眼镜，看起来还算规矩。5月2日，我手里提着两袋垃圾正要出门，其中一袋嗒嗒地往下滴着酸臭的不明液体。我本没有跟邻里交谈的习惯，只是那女人突然惊叫了一声。我回身，看见她的脸。王玉姐？我说。什么？那女人问。喔，没什么。我这才看到她穿着棕色皮凉鞋的脚滴上了那恶心的液体。我连忙说对不起，放下垃圾袋后从背包里翻找出一包卫生纸，抽了两张。女人笑了，说没事，问可否借用一下卫生间。我盯着那张脸木讷了一阵，她似乎又问了一遍，我才回过神，说好，然后将背包掖在胳膊下，掏出钥匙开了门。

女人站在门口的地垫上，正打量着家里的物什。在她的目光扫向沙发之前，我迅速冲了过去，因为我发现沙发的夹缝里还留有我几天前穿过的一条内裤。确定没有其他不合时宜的东西后，我转过身，女人已经不知不觉走到我身后，并且用左手提着那只脏了的凉鞋，问我卫生间在哪。我跨过地上没拼完的半截海贼王拼图，在前面为她引路。女人冲我笑着点了点头，说了声谢谢，然后走了进去。我清楚地听见门被反锁的声音，然后是哗啦啦的水流声。我站在门外，听着那像是入春初融的小河发出的汩汩的声音，内心升起了一种美妙的幻觉。不是淫秽的想法，我只是在想一扇窗，它不知是何时出现的，在一条昏暗的小巷里，只要转转头就能看见。那扇窗里漆黑一片，我什么都看不到——这反倒给了我无限的想象空间。我想到的是春天。此时，水流声消失了，我心想倘若她打开门走出来，发现我站在门外，或许会以为我另有所图。我是说，我不能再在门外想象什么春天了，我必须走开。

表哥的房子被我糟蹋得一团乱，我坐在沙发上，试图安抚自己的幻想。此时，卫生间的门开了，她赤着脚走了出来，左手提着一双洗过的凉鞋。我赶忙从鞋柜里找出一双看起来最干净的拖鞋，放在她的脚旁。她突然咯咯笑了，我不知她在笑什么。她说她叫罗又。罗又蹲在阳台，摆弄着凉鞋的鞋带。我并没有透露我是借住的事实。罗又站起身，伸了个懒腰，望向快要升到最高处的太阳。

　　我已经在家里待了二十四小时没出过房门，那两袋放在楼道的塑料袋里装着的就是昨天吃剩的外卖。罗又坐回沙发上，在等待凉鞋晾干的时间里，她尽可能地跟我说话。从她那吞吞吐吐的话语里，我察觉到她似乎并不是那么乐意表达。罗又轻轻撩拨头发，身上散发出一股青草的淡淡香味，那会让人很快缴械投降。她的童年……罗又的脚悬在半空上上下下地晃动，红色指甲油形成某种频率的波点螺旋。她说她是农村长大的孩子，老家有一条小河，每逢夏天，她便和伙伴们一起下河摸鱼。她没有工具，就用两只手，于是她最终一条鱼都没捉到，只捡了一口袋的石子。罗又这样说着，就好像我们已经是认识多年的朋友，而我已经忘记了我出门要去做的事。这时我接到一个电话，电话那头是骂骂咧咧的王克，我的发小。下午两点，我们约好在一家咖啡厅开始新一轮的迷宫对决，而我新设计的迷宫此时正躺在双肩包里和一只飞不出去的苍蝇暗自较量。罗又问是不是打扰到我了。我说没事，骚扰电话。

在罗又身上我总能看到过去种种的影子。当然，我并不是那种耽于美貌的人，但是男性心中多多少少都会有这样的成分。在他们的潜意识里，女性的娇柔美好就像是母亲的摇篮曲。听着她们的话，你终于可以丢掉恐惧，那就像一个被设了迷宫的梦乡，你窝在终点，虽不知道这迷宫的正确通路，但你感到安全——你知道它永远都找不到你。

告别罗又，目送她走进家门后，我拨打了王克的号码。果不其然，已经无法接通。我拎着那袋垃圾站在楼道里，犹豫该不该到咖啡厅去。也许王克还没走，我该去跟他道歉。五月初的广州已经进入了夏季，潮湿闷热。我摘下身上的背包，拉开拉链，一只苍蝇冲了出来。我扫了一眼背包里用黑笔画着密密麻麻复杂通路的三张迷宫图，心想这次大概率又是我输，于是索性将垃圾袋扔到楼下的垃圾桶，然后折返回来，准备睡上一觉。这应该是个明智的选择。

B

初中毕业之前，我一直在村里的一所学校读书。21世纪之初，乡村教育并未得到充分的重视和发展，至少我在的这所学校是如此。学校坐落在村里一座山的山脚，村民大多以种麦子和棉花作为经济来源。我就像是它的叛徒，在这里长大却并不热爱这个地方，甚至感到厌倦，渴望逃离。当时我并未见过高楼林立的大都市，但已认定这里并非我理想的生活居所。我述说它，述说曾经与它共度的时光，是为了提醒自己，终有一天我会回去，并且告诉所有人我所看到的事。

一天午后，刘长征冲进教室，他也是这所学校的老师，负责我们文化课以外的事。当时正在上一堂数学课，教我们的是一个绑着马尾辫、右脸颊上有一颗绿豆大小的痣的女老师，她姓王。除了老师这个身份以外，她还是我的堂姐，我叫她王玉姐。在刘长征点兵点将般戳了戳我和其他几个男生，走出教室之前，我看见他突然站定在门口，然后回身向王玉姐敬了个礼。他瘦弱的身板并不比我们高多少，于是这样的他看上去就像一只模仿人类的猴子，引得全班哄堂大笑。王玉姐羞红了脸，朝刘长征扔了一根白色的粉笔头。我们回来时，下课铃声刚好响起，我发现那根粉笔头不知被谁踩成了一堆粉末。我心里感到一阵莫名的伤感。

刘长征领着我们几个男生走过一片浓郁的树荫时，我闻到一阵花香，但我却并没有见到花的影子。后来，我们看到了那辆停在校门口的大卡车，看大门的高大爷摇着蒲扇正冲我们笑，仿佛在说，看，这都是我给你们弄来的。一个穿着白色背心的男人从那辆蓝色卡车上下来，刘长征在他面前显得更加瘦小。他仰着脸听那男人说话，口水的飞沫喷溅而出，落到了刘长征的脸上。卡车上是捐给我们的物资，几个男生抢着搬书本和文具，我却被那些长相怪异的花吸引。那些花一株株地栽在瓦红色的盆里，淡紫色的花瓣正迎着风翕合。夺走它们的人是刘长征。半年前，刘长征的婆娘跟人跑了，我们都知道，是刘长征的婆娘红杏出墙，可刘长征不是这么跟人说的，他说他的婆娘失踪了。"这太离奇了！人怎么会莫名其妙失踪呢！"那一个多月里，刘长征见了人便这么说。他的几番话来回绕，总是为了证明他不是个被女人抛弃的男人。他宁愿当个鳏夫。

刘长征眯缝着他的那双杏仁眼，盯着那几盆花，就像那花是他婆娘的化身。刘长征在质问，从柔韧的茎叶到那只飞落在蕊间的蜜蜂。刘长征挥了挥手，我回过神左右张望，发现只剩下我还站在那儿，其余的几个男生早已经抱着物资跑远了。刘长征叫我过去，说道："把它们搬到办公室去，放到王老师桌上。"在我走过去之前，刘长征又俯身闻了闻其中的一盆。真香，他自语了一句。

一天傍晚放学后，我和几个伙伴走到村口，打算去河里捞螺蛳，正巧碰见村里一户出殡。他们都穿着一样的黑色丧服，正朝着停在村口的那辆即将开往殡仪馆的面包车走来。最前面的是四个抬棺材的男人，他们手上白色的胶皮手套十分醒目。大部队距离棺材很远，队伍就像是被我们这些孩子的目光给拦腰截断了。他们在认真送别这个躺在棺材里的人。等到棺材被装上车，车缓缓驶离之后，我突然从那一片黑色之中发现了王玉姐的脸。那张脸上有一种复杂的表情，当时的我还难以形容，我只是觉得王玉姐放下了什么，她的某种情绪伴随着汽车的车门一起被合上了，她再也不允许它随便跑出来了——我也曾有过这样的时刻。

我和王克最近常在凌晨偷偷溜出家门，要去山脚下看我们的宝贝。当我们会合，王克对我讲起前几日出殡的女人。他说那是之前在我们学校任教的赵老师。我说怎么可能，赵老师不是去了城里，怎么会是她？说起赵老师，她比我们大不了几岁，我们都知道她自小便双亲去世，被村子仅有的一个亲戚收养。亲戚得病去世后，她幸运地被指派到了县城的小学。怎么会是赵老师？爱信不信。没走几步，王克突然一指，问我那是不是你爹。我看过去，那的确是我爹。他光着上身，穿着一条松垮的裤衩，站在麦田前面。我和王克隐藏在一棵树后，接着我看见我爹进入了麦田。我不知道我爹在麦田里做了什么，我们也没有等到他从麦田里出来。我突然很想回家。王克满脸沮丧，问我真的不去了吗，那里会很好玩的。我们埋下它的那天天色向晚，我们只匆匆看了几页就已经血脉偾张，瘦小的蘑菇第一次在两腿之间主动生长，它像是在说，我已经长大了，已经可以独立生活了。它尽可能挺直身子，就像是当时的我。我说我害怕，我想回去。王克并不知道我害怕的是什么，他不说话，闷头跑回了家。其实当时我也不知道我在害怕什么，我只是觉得生活里不该出现脱离正常轨迹的事。回家后，躺在床上，在恐惧中好奇也逐渐膨胀，我终于决定回去。我不能让这些事情发生。

A

　　这是我第一次遇到罗又的情形。那之后的一个周，每当我出门，都会幻想这扇门之后藏着一个怎样的世界。终于有一次，我趁楼道里没有脚步声靠近了那扇门。附耳在门上，我听见了一种断断续续的哭声。是不是她在哭？一时冲动，我竟想敲门。人一旦趋于感性就容易犯错，于是人生充斥着错误。

　　午睡醒来，我在混沌中胡乱摸着，终于在沙发的夹缝里找到了手机。一看，七个未接来电，都是王克打来的。三点一刻，距离第一节课下课还有十五分钟。我心里陡然犯了怵，阎头的逻辑课，听说迟到一次期末成绩直接扣十分，而我此前已经有过两次记录。我给王克回了消息，他迅速给我回了两个字：速来！我心想兴许阎头还没点名，现在跑过去没准能有挽救的机会，于是急匆匆地套上衬衣，两只脚相互磨蹭给对方吃劲，穿好鞋，扣上黑色棒球帽后冲出了房门。我一路小跑，正要穿过小广场，突然被一个不明物体击中了腹部。痛倒是不痛，只不过我身上的白色衬衣已经染上了一大摊红迹，还是糖果味的。几个貌似高中生的男男女女向我走来，他们穿着迷彩服，戴着头盔，每人手里都握着一杆玩具机枪。"真是不好意思……嘿嘿……"他们笑着跟我道歉。在他们眼里也许我就像一个被捉拿归案的杀人犯，鲜血淋淋但狼狈可笑。时间已经来不及了。

手机在裤兜里振动了一下，王克发来一个骷髅头表情。

广州的梅雨时节像是朝着狂欢的过渡，万事万物都藏着一股韧劲，面前的这片楼区筋骨都酥了，却还是硬挺着，仿佛夏天一来它们就会一个接一个轰然倒塌，埋葬身下的影子和聒噪的生命。小区背靠白云山，地势低洼，雨季一来，整个小区就成了一座巨大的游泳池。电梯仍旧发出惊悚的咔嚓声，六楼的灯牌只剩下一个方形的口字。在我准备回去脱掉身上这件红色痕迹已经硬结的衬衣之前，我的左手伸进裤兜，尽可能往深处抓了抓，却只摸到几张纸片。掏出来一看，是两天前刮出"谢谢参与"的福利彩票。钥匙被我落在了屋里。

上天正把我面前的一扇扇窗接连关闭。没有备用钥匙，所以我还剩一个选择——找开锁公司，但不巧的是我的身份证也被一并落在了屋里。楼道里闷得发慌，我的汗越流越多，衬衣上的红色痕迹正有朝裤子蔓延的趋势，油彩在我肚皮上结的痂开始慢慢浴化。我决定脱下衬衣。在我放下书包，撩起的衬衣包裹住脑袋的一瞬间，我感到一只手触碰了我的后背。手上的动作就此停下，大脑并不承认它向我的双手发出了这个指令。我双手的触觉接收器像是在那一刻转移到了后背，那只小小的手触碰过的位置清凉、柔软，此前的焦躁似乎顷刻消散。我听见了那个熟悉的声音。

她认出我了。她问我怎么了，声音微微颤抖。显然，她很有可能是被我衣服上的红色痕迹吓到了。我急于解释，下意识地想要把衬衣重新穿回去。可我还是搞砸了。罗又在笑，她指着我的脸，说我像小玉。我一时错愕，问小玉是谁。罗又从手机里翻出一张照片，放在我面前，那是一个可爱女生的动漫形象。罗又问我是不是没看过海贼王，我摇了摇头，感到双颊发烫，用手一摸，果然颧骨处也蹭上了红色油彩。

怎么了？罗又问。我指了指那个老式的锁孔，说钥匙落在了屋里。先把衣服脱下来，穿着难受吧？我说没事。再不脱下来，你的裤子也要遭殃了。罗又笑了笑。楼道仿佛一个巨大的蒸笼，像是非要把人烤得蜕一层皮才好。我还是决定将衬衣脱下来。我有意远离了罗又几步，走到楼道的下半层。首先是一条胳膊穿过浸了汗发涩的左袖，接着是右边，最后衣服成功脱离头顶，那种感觉就像刑满释放，终于挣脱了枷锁。我低头一看，顺着肚皮上那斑驳的红色油彩往上，是因为肥胖而隆起的胸部。

我走回上一层，惊奇地发现门开了，而罗又正站在屋里冲我招手。那就像是在对我说，快来吧，一个新世界欢迎你。

B

五月的夜，成千上万的麦子齐齐舞动，似乎正急匆匆地趁着夜晚抽穗。空气中荡漾着一股清新的泥土气息，这令我丢掉了大半恐惧。我站在麦田边缘，忽然发现麦田深处有一团亮光，这情景引发了我的好奇。我终于走进去，莽撞地在青色的麦田里寻找着我爹。我发现了死去的麻雀和蚯蚓，我爹和那束光就像诱惑着冒险者走入迷宫的宝物。我不敢往深处走，经过之处麦子多多少少都被折了。我怕迷路，也怕被人发现这孩子般的恶作剧。我们这些调皮捣蛋的男孩，总跟各种破坏事件脱离不了干系。我小心地避免踩压麦子，以至于当我后悔了，回头想要逃离的时候，发现我的身后也是一片随风飘摇的茫茫麦田。我迷路了。

我爹和那束光就像消失了一样。一周后的某一天，当我在停电的教室里看见操场上一道光束亮起时，我很想即刻冲出去，拽住王玉姐，告诉她不要去。可王玉姐还是去了。我坐在教室的一角，看着王玉姐和其他的三个老师商量迎接县领导例行教学检查的事。而关于那束光，刘长征自称是他巡夜时手抽了筋，才晃到了教室的玻璃窗上。王玉姐当然不信，后来刘长征跟在王玉姐后面一同走进了教室。王玉姐让刘长征坐下，但是刘长征坐到了我身旁，问我怎么这么晚了还没走。我没有搭理他。王玉姐在接下来的几分钟里趴在刘长征的耳旁，给刘长征分配了一项任务。刘长征啪的一下从凳子上弹起，像之前那样敬礼，口中喊道"Yes madam！"刘长征哪会说英语，他只是为了讨女同事欢心才学的这句。

好在王玉姐并没有因此消失。其实我爹也没有消失，但我冥冥中将那晚麦田里的情景跟那束光联系在了一起。只要一直走，总会走出那片麦田的。我的目光从地上的虫子脱离，望向天空，企图通过星星辨别方向。一个小小冒险者的把戏最大化地被激发出来，我勇敢地向前走。不幸的是当晚逐渐起了雾，天上朦朦胧胧只剩半截暗淡的月亮。我继续走，当时我并不了解什么左手法则，何况麦田并不是一座用石头堆砌成的迷宫，并且，我不知道世界上存在着一种永远走不出去的迷宫。此时，地表突然剧烈地晃动起来，我脚下的土地裂开一道口子。只见那口子越来越大，我能够看见底下那火红的球状内核，包裹住它的明亮液体正欢跃地膨胀着。我掉了下去，觉得自己死定了。下落的速度逐渐加快，这是朝向死亡的自由落体。

发了霉的硬床板，汗湿的枕巾。我娘用家乡土话大喊着起床。这是一个梦。我挣扎着从床上起身，穿上那件洗得发白的灰色上衣，习惯性地摸了摸裤子口袋，确保口袋里装有家里的钥匙。因为我爹和我娘总要在镇上的工厂忙到晚上九点以后才回家，我要确保自己和伙伴疯到七点时有家可回，而七点王玉姐会准时到我家，为我送来一份晚饭。钥匙还在口袋里，除了钥匙我还摸到了别的东西。我将它掏出来，它就那样沉默地躺在我的手掌心——一截锋芒初露的青色麦子。

傍晚我和王玉姐一起回的家，我执拗着要先送她回去。王玉姐说我长大了，她笑得很开心。这令我感到安全。快走到她家时，王玉姐突然问我想不想去一个地方。王玉姐从来没带我去过什么地方，所以当我听见她这么说的时候，心里一万个愿意。这片麦田就像是充满魔力和诱惑的异域，也如同可以容纳人不为人知情绪的空间。我们经过不久前出殡女人的屋后时，王玉姐停下来，她看了看土墙，又看了看天，然后继续往前走，直到我们从侧方走到了另一个入口。她说她很后悔。我不知道王玉姐为什么会选择我作为聆听的对象，她似乎觉得我有所懂得，又有所不懂，而这是最好的状态。王玉姐俯身从地上收拢了一些散碎的麦粒，放进了我的上衣口袋。离开前，王玉姐说她曾在从学校回家的夜里看见麦田里的一团亮光，她说那是世界上最美好的东西。

　　早饭是白米粥和发酵过头的糖蒜，我娘拄着拐杖，拖着她那残废的右腿，跟我说我爹要走了，去南方打工，似乎是一个叫广州的地方。当然，这并不是我后来去广州读大学的原因。高考结束后，我想离开这个地方，越远越好。王克，我当时的伙伴之一，问我跟不跟他一起去广州。我说我不知道。我有一种莫名的恐慌。我知道我爹在广州，以至于我会产生一种感觉——我并没有就此远离，那些熟悉的事物绕开了我在路上设下的所有障碍，找到我，然后喋喋不休地围绕着我。高考成绩公布后，我跟王克只差两分，留在山东怕是连三本都上不了。王克说广州是个好地方，去不去由你喽。那天，我幻想着我和王克俩人在一个陌生的城市里摇晃着各自脏兮兮的手，像小丑一样到处游乐，我们收集街上的新鲜面孔，惴惴不安地将他们安置在我们的迷宫里。

A

风从屋里窜出，凉凉的，吹在身上很是惬意。罗又站在一片光辉下，就像降临尘世的天使。我还没来得及问出口门是怎么被打开的，罗又便头也不回地走了。她并没有回到对门的房内，而是踏着轻快的步子下了楼梯。我惆怅地想，忘了跟她说声谢谢。

滚热的水汽充盈着小小的卫生间，蒸腾的热雾丝丝缕缕地悬着，我身上所有的焦躁和烦恼似乎都顺着通风管道逃出了这栋年久失修的居民楼。它们在密闭的塑料管道里来来回回，也在寻找出口。气体也并不自由。我突然想起了迷宫第一定律。王克跟我说过，就算无法到达终点，也不可能困在迷宫里，因为至少一定能回到起点，这就是迷宫第一定律。当然我从来都没能试验过这条定律，大部分时候那条代表我的红线都停在了迷宫图上的某一个拐点，然后断了，没再续。

洗完澡，在我纠结该把那件染上油彩的衬衣试着洗一洗还是直接扔掉的时候，我发现了它。它躺在洗手台上，亮晶晶的金属光泽在雾气缭绕的狭小空间里肆意地折射。刀片，沾上水的它服帖地附在洗手台上。我用一根中指摁着，将它往洗手台边缘移动，之后，它被我捏在手里。我小心地碰了碰刀刃，还很锋利。可我从不用这种刀片剃胡子，所以，我确定它不是我的。在我将它丢进垃圾桶之后，我突然想到这也许是表哥去菲律宾前无意留下的。我们见第二面的时候，表哥坐在我对面，用几根手指摩挲着他铁青色的胡茬，跟我交代着这间房子的种种。表哥特别说明的一点是，晚上九点以后整栋楼的电梯和楼道会停电。我问，那怎么不修呢？表哥似乎没听到我的问题，他问我吃饱了吗，我点了点头，接着我们离开了那家门庭若市的鲁菜馆。表哥的双亲死于十几年前的一场车祸，此后他下了海，逢年过节只是托亲戚去坟前祭拜，再没有回过老家。据我娘说，在我六岁的时候，长我十二岁的表哥曾经在过年时送给我一本涂色册，可我压根不记得有这回事。我将那枚刀片从垃圾桶里翻找出来，插进了一块湿润的清洁海绵球里。

此后几天我都没见到罗又的身影。我有时候会想起她，想起她光着脚啪嗒啪嗒地从卫生间走出来，想起她咯咯地笑。王玉姐也喜欢这样笑。那期间我和王克碰过一次面，我们在咖啡厅将各自的迷宫交换。我们开始走对方的迷宫，王克的那张像是黑色的珊瑚森林，相比从前越发复杂了。突然，王克啪的一声放下了笔，按停了计时器。一分十五秒，他念了出来。没劲。王克起身去上厕所了。我盯着面前的这张迷宫突然感到一种莫名的挫败感，并不是因为王克那副厌倦的神情，而是我觉得自己似乎该停下这项活动了，我是在浪费王克的时间。

B

县领导来学校视察的那天清早，我们所有学生都排成队列站在教学楼前的空地上，等着接受检验。一个被簇拥着的男人挺着圆滚滚的肚腩走进教学楼，刘长征像只哈巴狗一样在前面带路。我们一直站在太阳底下等着那个男人走出来，他醉醺醺的，被两个人搀扶，步态摇晃地指了指大门口，说他的车在那儿。刘长征这时没有蹦出一句"Yes sir"之类的英文，而是捧着一坛酒咧嘴笑着跟在县领导身后。有人接过酒坛，车子驶远，我们的任务结束了。刘长征突然问了一句，小玉呢？我这才发现，整个上午都没见到王玉姐的身影。

午休的时候，刘长征带上我一起前往王玉姐家。刘长征一路上都在念叨，小玉可千万别有个三长两短，老天保佑，菩萨保佑，如来佛保佑。我听烦了，就加快了脚步，可刘长征的话赶得比我的脚步密。我们还没走到王玉姐家，便见到了一辆停在她家门前的银色轿车。刘长征突然停止了念叨，我回头看他，发现刘长征正打量着那辆轿车。这时，一个男人从王玉姐家走了出来。如果我当时看得再清楚一点，那么我很可能会发现那个戴着鸭舌帽的男人下巴上已经有了铁青的胡茬。那是谁？刘长征问。他更像是在自问。我信口乱说，求婚的男人。刘长征愣了愣，问我真的假的。我只觉得刘长征实在是个愚蠢的人，他根本配不上王玉姐。银色轿车开走后，我准备去王玉姐家问候一下，以便探探情况，可刘长征站在门口不动了。我问他，不进去吗？刘长征若有所思地笑了笑，跟我说学校还有事情要处理，然后转头跑了起来。刘长征一摇一摆地逃走了，像个小丑。我心想，刘长征总算给自己找到了一面镜子。

王玉姐的父亲，我的二伯正扶着门框破口大骂，话难听得很。王玉姐跑走了。这是我那八岁的表侄跟我讲的。我和他站在门口，当时我兜里恰好有一颗水果糖，我拿着糖在他面前晃了晃，问他知不知道王玉姐跑去哪儿了。小表侄用手一指。

阳光直射，风一吹，麦田明晃晃的，像金色的海洋。对，金色海洋，这是王玉姐在语文课上讲过的一个比喻。王玉姐是个倔强的人，假如她当时读了大学，现在必定有更好的出路，但她选择留了下来。王玉姐说她爱我们这群孩子。我当时不懂什么是爱，当然现在也未必懂得，我只是觉得我要去找她。我看见麦田旁停着那辆银色轿车，车子里黑漆漆的，什么都看不清。我再一次走进了麦田，麦子长势惊人。不过这次，麦田缺了个口，缺口处延伸出一条窄路。窄路两侧的麦子朝外倒伏，那显然是被人踩过的痕迹。也许是王玉姐，也许是……我爹。

白天进入麦田，无助感相较那晚大大消减，何况眼前有了一条隐蔽的道路，即使我不知道它指引向哪里，或者会在什么地方突然中断。这是我的又一次冒险。前方舞动的麦浪成为假想敌，身后的成为同伴，不断推着我向前。直到听见除了风声和麦子彼此摩挲以外的声音,我放缓了脚步。那种声音像是一头野兽发出的,它似乎就在不远处。它潜伏在那儿,伺机而动,等着我走进去。那里却又充满了诱惑,像是拥有美杜莎带着危险的魔力。往深处走了十几步后,我见到了它闪闪发亮的脊背。脊背上都是晶莹的汗水,它在怒吼。我跳进一侧的麦田以隐藏自己,此时我在暗处,它在明处。等我终于鼓起勇气直视它的时候,我发现在它的身下已经有了猎物。

是那个男人,我认得他的鸭舌帽。他身下的猎物一动不动,如同死尸。我看见他用他的胯骨反复地磨蹭着身下之物,突然想起那本被我们埋在山脚下的色情杂志。我悄悄跑掉的时候,他还没结束他的运动。初夏,鼓噪,悸动。我逃出麦田后又看了看那辆轿车,并记住了车牌号,鲁E814。

A

三天后的上午,我突然发现我的身份证丢了,它不翼而飞。钱包里的碎票子和几张银行卡都在,唯独身份证不见了。其实我并不知道它是在什么时间丢的,戒网后我几乎没再去过网吧,而那些碎票子也是开学前我娘硬塞进钱包里的,她说肯定用得上。我不耐烦地跟她讲现在都用手机支付,最后仍没拗过她。晚上我用那些碎票子买了一份快餐,油焖茄子和辣椒炒肉。我想给王克发个信息问他身份证在广州能不能补办，犹豫了一下还是删掉了。我觉得我又一次把事情搞砸了。夜里九点多，我坐在沙发上恹恹欲睡，电视机里的真人秀节目不知重播了第几遍。这时门口突然传来窸窸窣窣的声音，我顿时来了精神。我并不是害怕，而是当年的那股子猎奇劲儿一下子又被唤醒了。

透过猫眼，门前的人影影绰绰，看不分明。楼道里的声控灯不灵敏，昏暗的光亮了几秒后便陷入黑暗，如此反复几次后，我终于认出了那人，是罗又。罗又拖曳着一个巨大的包袱停在对门。我心想此时电梯早已停止运转，所以她是自己将包袱从楼梯拖上了六楼。开锁，开门，然后我看见罗又费力地拖动包袱想要进门，但包袱却恰好卡在门槛上。她骂了一句。我下意识地决定开门，去帮她。开门的瞬间，声控灯亮了起来，以至于我能够看清她那张疲惫但依然动人的脸上汗湿的几缕头发。罗又起身看我，猫眼的成像使得她脚旁的包袱看起来更加巨大。我想她也许就是海贼王里的小玉，从自己的脸上揪卜一个团子，驯服了猛兽。那猛兽将包袱背到六楼后就消失了。一定是这样，否则我想不通她那瘦小的身子怎么会如此有力。我说我帮你，没等她回话，我便上前将包袱的两个边角紧紧攥在手里，一把拽了起来。罗又说不用了，不用了，她的话语里满是好意的拒绝，还有一丝丝恐慌。我拽着包袱进门，一不小心，包袱被门框划出一个破口。几捆纸币随即啪啪几声掉在地上，这时我终于明白罗又为何拒绝我的帮助了。我挡在门口，在我回身注视那几捆纸币的时候，罗又在门内什么都做不了。我没有说话，接着往屋里走去，此时巨大的包袱在我手里的分量更重了。

第一次来到罗又的住处，我只顾着四处打量。说实话，跟我想象中大相径庭。这里杂乱无章，各种高高矮矮的玻璃瓶堆在角落，偌大的客厅里没有几样家具，就像是一间毛坯房。罗又捡起掉落的几捆纸币走进屋里，她笑着跟我说，这钱是要给她爸的，别见怪。

罗又这样一解释，我更疑惑了。她有这些钱，何必住在这样一间房子里？罗又看我站在原地没动盯着她，突然拿着手里的两捆纸币走到阳台，打开窗，然后从口袋里掏出一只打火机，啪嗒一下，任小小的火苗扑闪扑闪地在夜幕之中亮着。那火苗在罗又手里，她宛若盗取火种的普罗米修斯。她接着将其中的一捆纸币点燃。我喊了一声，罗又回过头，冲我笑着说，假的。半晌我才反应过来，她说的是这些纸币是假的。可它们做得像极了真正的人民币。纸币烧到半截，罗又松开手将其扔出了窗。我走过去，只见那火光已经灭了，底下是一片漆黑的楼体残骸。

B

我是来找我爹的，他在广州打工。不过，我联系不上他。我拜托朋友帮我打探我爹的消息，他告诉我我爹结婚了，重婚。

这一定是假的，中国十几亿人，重名重姓的不少。朋友给我看那人的照片，我瞄了一眼，说那不是我爹。我爹不戴眼镜，留着光头。那人看起来像个律师。

我认识的人似乎总喜欢往广州跑。相比山东的某个农村，广州温暖、多雨，是个天然的大温室，自然使得向往更好生活的人趋之若鹜。

王玉姐已经接连一周没来学校，也没回家。某天放学后，我看见一辆警车停在二伯家门前，几个穿警服的人正从二伯家走出来。我似乎能够想到王玉姐在麦田里左冲右突的样子，那些沾染了她眼泪和气味的麦子在夜里毕毕剥剥地飞快生长。偏偏接连几天的大雨，整片麦田似乎都蜕了层皮。三天后，王玉姐被定为失踪。"失踪"这两个字是我从二婶口中听见的，二婶呜咽着，没有力气再哭。

两天后的傍晚，我和王克再次经过二伯家的时候，发现大门紧锁。第二天，第四天，以至此后的一个星期，大门再没有打开过。我从我娘那里得知二伯一家去了市里，回来后，他们再次去找县里的公安。我知道他们这是束手无策了。失踪案不同于凶杀案，大部分都会在时间的消磨下不了了之。王玉姐的失踪使我整日怏怏不乐，也许刘长征也懊悔那天他的狼狈逃走。一天放学后，刘长征突然叫住我，问我想不想去市里的游乐园，还说游乐园里的一个女售票员长得很像王玉姐。刘长征的话不可全信，当他问出这个我始料未及的问题后，我没有理他。他看着我，在等我的回答。我朝不远处的王克招了招手，王克跑了过来。我将这件事讲给王克听，王克问刘长征是怎么找到的，刘长征信口说自己最擅长找失踪的人。王克反问，那你失踪的婆娘怎么还是没找到？刘长征哑口无言。王克趁机说自己必须也跟着去，好做个见证。

那时离刘长征死去还有四个月，他看起来很健康，无比健康。刘长征在那次县领导例行检查后没多久突然胖了起来，鼓起了肚腩，就像镇上那些大大小小的老板，那是财富的象征。刘长征肉眼可见的一天胖过一天，他死的时候身体像是个注满了水的气球，以至于遮掩住了真正夺走他性命的肾上腺瘤。

周六的早上，我和王克会合后往村口走去，看见了正在那里抽烟的刘长征。刘长征回头，扔掉烟蒂，嬉皮笑脸地朝我们敬了个礼。我夹在刘长征和王克中间，我们三人站在站牌旁边，不一会儿，刘长征又开始抽烟。他从口袋里掏出已经瘪塌塌的烟盒，抽出一根叼在嘴里，望了望不远处的一棵树，随之转向我们，从另一边口袋掏出一盒火柴。明灭的亮橙色烟头跳跃了几下后，刘长征从口中喷出一缕白烟。他正回身子，风一卷，白烟瞬间消散。此时北边闪着金光的沥青路上，汽车的轰鸣声正逆风而来。

A

诡异，跟昨晚的梦一般诡异。

那个梦里，无数黑色老鼠发了疯地朝我袭来，就像那些四散在夜空然后遁入无形的灰烬。我知道这是在梦里。像从前在那片浩瀚麦田里，巨大的恐惧像那些飞速移动的老鼠细长的尾巴在地上摩擦，发出噼噼啪啪的光火。后来，我听见有人在百货大楼的顶上敲钟，黑色的楼体没有亮起一盏灯。那钟声频率平缓，像整座城市的安眠曲。空荡荡的城市见不到一个人影，那钟声就像某种信号，在告诉我、指引我，让我找到这座城市里另一个温热的生命个体。大楼的卷帘门没有落下，推门而入，漆黑一片，一分钟后眼睛适应了黑暗。我摸索着找到电梯，摁了几下，没有反应。整座楼都断了电。于是我只能从紧急逃生通道的楼梯一层一层往上爬。二十五层。当我抵达第十三层的时候，楼梯到了尽头。

罗又烧完手中的纸币后，回身从袋子里又取出一捆。我问怎么不去买些冥币。罗又听出了我的潜台词，她不再烧纸币，而是坐在客厅的沙发上说了一句话。罗又说因为他就是个假得透顶的人。他，罗又的父亲，那个已经死去的人。我好奇他究竟做了什么，让罗又一提起便情绪激动。我们似乎总这样说，历经了死亡，还有什么是不能被原谅的？也许有时死亡并不是一剂仇恨消除膏。那些无法被带走的问题让此刻的罗又流泪了。

"初三的一天，他突然遮遮掩掩地问我，内裤上有没有红色的东西。我当时瞬间羞红了脸，这本是妈妈应该关心的事情，但我妈在生下我后的半小时内大出血死掉了。从我记事起家里就没有我妈的照片，一张都没有。我爸说都当成遗物烧了，我不信。于是我趁他外出的时候偷偷地翻他的抽屉和柜子，我翻到了一个女人的照片。她穿着一件白色长裙，和我爸挽着手站在一片绿色的麦田前。我实在是太激动了，却又感到愤怒。那天晚上我爸回来后，我手里拿着那张照片，问他为什么要隐瞒。我想我爸也许是对的。一个人藏起某样东西不想被某人看到，也许是为了给予对方某种形式的保护。那不是我妈。我爸只告诉我那是我的一个阿姨。初三的夏天，我的内裤上终于出现了红色，每个月的十四号，或早或晚不过两天，那红色都会出现。初三开学前我爸告诉我一件事，我们即将搬去另一个城市。我爸说那个城市有一个很大的游乐园。我知道他是怕我离开同学觉得难过，可对我来说，开启一段新的旅程意义更为重大。那天，我在心里感激我爸，同时我也告诉了他我的秘密。我爸听到我来了月经之后不说话了。他从来不是一个威严的父亲，他的身上有温柔的部分，有时他就像母亲，有时又像哥哥。好了，我说得太多了。"

戛然而止。罗又笑了笑，问我想喝点什么。啤酒？我说好，接着她起身走到另一个房间。半晌，罗又手里拿着两瓶啤酒走出来。啤酒冒着白色的凉气，罗又问我能喝吗，还是个学生吧。我没说话，接过一瓶，对着嘴闷了一大口。凉吧？哈哈。罗又笑了一声。

"所以，他为什么是个很假的人？"人一旦喝了酒，精神便会松懈，我不经意地问道。话出口后才觉不对，这是个不太礼貌的问题。

罗又似乎并不在意，继续跟我讲："那张照片，那个我该叫她阿姨的人，你猜她是谁？有个词叫后妈，但她却在我妈前头，所以该叫她什么？人家是原配，我妈是……不过，她们现在都已经是死人了。"

罗又说着咕咚咕咚地往嘴里灌了几大口酒，冥冥中我有一种感觉，今天晚上的对话应该到这里结束。我们仍旧在喝，在说，就像是要把心里的话全部从一个陌生人的头脑里清洗一遍再重新装回去。出于礼貌，更是在酒意的催动下，我也编造了我爹的事，似乎只有同样对父亲充满厌恶的事实才能够彼此抵消。

"你爸失踪了？"

"没有，他应该就在这儿。"

"这儿？"

"广州。"

"为什么不去找他？难道他也是个混蛋？"

"不是，我不想找他。"

"大人不在，你就是大人了。"罗又的酒瓶快要见底，她说干了，然后我俩一口气喝完了各自剩下的酒。我们答应彼此，今晚说了什么，谁都不可以透露出去。回去后，我倒在沙发上，酒劲催发，头还是痛起来。我回想罗又讲的故事的后半部分。她说她曾有过一个弟弟，在老家县城结识。那时的她不过二十岁，她说这些纸币也是烧给他的。他死了，死于贫穷。右腿的骨肿瘤长到馒头大小，像一个血液中转站，扩散到肝部和肺部。罗又说他是一个住在垃圾场里的孩子，但他比她见过的任何人都要干净。

B

我们并排坐。刘长征在前，我和王克在后。刘长征的脸红扑扑的，像喝醉了酒。另外，他的脖子和下巴似乎快要长到一起了。我问刘长征是不是胖了，刘长征笑了一声，说可能，最近总觉得闷得慌。下车前，王克偷偷在我耳边说了句什么。刘长征活像是个人体侦察机，他扭过头，看着正捂嘴偷笑的我和王克，问我们在谋划什么。王克一副严肃的表情，说没有，什么都没有。下车后，王克拉着我故意和刘长征隔开一段距离。王克小声问我看过电影吗，我说没有，问他什么电影。王克笑了笑，说好看的电影。你看过？我问。没，听人说过，很好看，你想不想看？想，我说。我大概已经猜到了王克说的电影是什么。今天去看吧！王克说。今天？不是要去游乐园吗？游乐园哪有电影好看！可是王玉姐……那怎么可能会是王玉姐？王玉姐失踪了然后在游乐园当售票员，你信吗？我犹疑了。可刘长征说……刘长征的话能信吗？那他为什么要带我们来游乐园……王克挥了挥手，跟我说爱去不去，你不去我就自己去。那可是会动的照片！我想起那本被我们藏在山脚下的色情杂志，被王克的话一撩拨，心痒。我也去。去哪？刘长征正站在一个卖汽水的摊位前，回头问我们。去游乐园！王克说着朝刘长征跑去。

刘长征给我们每人买了一瓶汽水后，说尿急，便急匆匆地跑去了汽水摊主指给他的公共厕所。刘长征让我们在原地等他回来，王克用吸管吹着汽水，泡泡鼓起又破掉，发出令人舒适的声音。

走吧，王克说。我问他去哪儿。王克说先把票搞到。我没有动弹。王克走了几步后才发现我没有跟上。怎么了？他问。我沉默了片刻，说我想见王玉姐。王克像是生气了。当时的我根本没有意识到刘长征对我们而言有多重要。我们身无分文地置身于一个陌生的地方，这里的人像是棋盘格子上的士兵，我们来到这里，也像是变成了他们。一旦跨出第一步，就再没有回头路了。可我还是跟着王克走了。我们喝完汽水，飞奔，我并不知道接下来我们会去哪里。那种无所顾忌的愚蠢劲头当时正活跃在我和王克的血液里，它比我们跑得更远更快，并且从不会抛下我们。

我们停下步子，王克指着一家红色灯牌的放映厅，跟我说好像就是这儿。我们走近，门口一个中年男人挡住了我们，告诉我们未成年人禁止入内。王克说我们不是未成年，今年刚满十八。相比城里的孩子，我和王克又黑又瘦，但好在我们个子还算高，乍一看倒真比同龄的城里人年长几岁。王克问多少钱一张票。男人说三块，接着打量了我们几眼，然后便坐回门口的板凳上。王克走过去，靠着男人的耳朵跟他说了句什么。男人突然笑了，跟我们说看那个要加价。加多少？王克问。再加两块。我们两人一共多少？十块。

我们没有那么多钱，我的口袋里只有一枚孤零零的一角硬币。我已经做好了离开的打算，这时王克突然伸出攥成拳头的右手，摊开后，一只手表出现在我的视线之中。你看看这个值多少钱？男人抻着脖子瞄了一眼，笑着说他这里不是典当铺。你再看看，这是块好货。男人装模作样地犹豫了一会儿后接过手表，挥了挥手，跟我们说进去吧，里面倒数第二间。

A

难得一个无梦的夜晚。第二天醒来时，头也并不像以前喝酒后会出现疼痛。手机上是王克发来的信息，让我帮他签到。自从我们不再进行迷宫游戏，我和他的见面时间除了偶尔几次他没有逃掉的阎头的课以外，所剩无几。

出门后，我在罗又家门前停了停，走过去。我想问她吃没吃早饭，却忽然想到自己并没有她的联系方式，直接敲门又不太礼貌。我侧耳，门里似乎有什么声音。突然，门啪的一声开了，撞上了我的脑袋。罗又惊讶地看着正捂着脑袋龇牙咧嘴的我，问我怎么在这。我不想让罗又以为我是个偷窥狂，低头时，恰好在门口发现了昨晚遗漏的一张纸币。我顺势捡起来，递给罗又，没有过多解释。罗又接过去，说了声谢谢。罗又还是我最先见到她时的那身装扮，似乎正准备出门。她问我是去上课吗，我说是。吃早饭了吗？罗又说着，将那张纸币丢进门内，然后锁上了门。

我们在楼下的一家早点摊面对面坐下。罗又点了一屉猪肉小笼包、两碗豆腐脑，并抢先付了钱。罗又问我够不够，我点了点头。原本是要请她吃早饭的，现在每咀嚼一下我都感到不安。信息工程专业？那是干什么的？罗又问。我心想也许我不该就这样全盘托出，有所保留才会来日方长。我跟她解释了几句，实际上我专业课很差劲，上学期又挂了两门。罗又若有所思地吐出一个"哦"字，用筷子挑起一个小笼包，告诉我她的工作：银行职员。罗又突然问我可不可以借一下我的身份证，月底考核绩效，她离合格还差几个名额。她用一种请求的语气，可怜兮兮，我相信没有人能够拒绝。我本想帮她这个忙的，却无奈身份证丢失了。罗又喝了口豆腐脑，跟我说没关系，只要有身份信息就可以。罗又的微信头像是海贼王里的小玉，昵称是1989LY，朋友圈显示一道横线。

　　道别后，我将罗又需要的信息通过微信发送给她，接收了几条验证短信。过了片刻，罗又回复了一个爱心的表情。我的心被填上了一些暖和的成分，就像我终于为王玉姐做了一些什么时那样。八年前的那个夏天，我本可以、本应该跟警察说，我看见了一个可疑的男人在麦田里的所作所为，我无数次假想那男人身下的是王玉姐，是正在奋力挣扎的她。但我什么都没有做。后来那辆银色轿车和那个戴着鸭舌帽的男人再没有出现，我告诉自己一切都结束了，虚设的麦田迷宫都是假象。八年间，二伯一家搬离了村子，人们几乎不会再谈论当年那起已经无法破解的失踪案。我曾经猜想，也许是那个男人带走了王玉姐，王玉姐此刻正在地球上的某处生活，她会用她的山东话像骂刘长征一样骂那些图谋不轨的男人，也会像曾经在课堂上给予我们这些泥孩子一样，给予他人无限遐想。

　　课堂上，我盯着手机上的聊天框，想发点什么给罗又，却又不知道写什么好。最后，我总算找到了一个理由：邻居，我们是邻居。上午十点多，社区群里发来本月的服务收费通知，我搜了一下罗又的昵称，并不在群里。所以，考虑到能让罗又与社区邻里的关系变得更加和谐，我主动将罗又拉进了这个群，群人数从151变成了152。几分钟后，等我再次打开微信，却发现群人数再次变回了151。罗又退群了。

午饭期间，我没想到会在学校食堂见到王克，他出现在学校的时间越来越少。王克一屁股坐到我对面，从黑色双肩包里掏出一张照片，举着停在我面前。我当然一眼就能认出那是谁。照片里的他手里牵着一只白色的贵宾犬，一副不可一世的傲气模样。是伯父吧？王克问。我没回答，问王克从哪里弄到的照片。王克同样没回答，只说了一句话，他说，伯父也逃出来了。是啊，父亲和王玉姐似乎都知晓离开迷宫的方法，只有我像一只疲惫不堪的困兽，用一支笔在迷宫里不断地前进后退，来回折返。

B

狭窄的楼廊里光线昏暗，墙壁上挂着几幅西方水彩画。王克迫不及待地走在前面，我问他那只手表是从哪儿弄来的。王克让我别管，待会儿只管大饱眼福就是了。走廊尽头倒数第二间，门虚掩着，王克推开门，忧悒的银光映在他脸上。我站在他一侧，恍惚能够通过王克的神情窥见他被点燃的情欲之火。王克径直走了进去，我也随之探身进去，荧幕上的画面突然停格了。一阵喧嚷和唏嘘，我这才看见门里早已排坐了二十余人。他们正在这个昏黑的小世界里用各自磷亮的眼睛四处逡巡着。我盯着荧幕上的画面，线条拉长扭曲，动态的人变成静态，真正融为一体。这时，有人喊了一声，去叫人！我堵在门口发蒙。过了一会儿，那人又喊了一声，我才意识到他似乎是在叫我。不，并不是在叫我，而是在叫离他们沉浸的那个世界最远的人。我跑到门口，没等我开口，坐在板凳上的男人已经心领神会。他起了身，一步跨到我前面，往走廊深处走去。

男人走到荧幕的后面，正在调试设备，而我突然被人拽住了胳膊。是王克，他将我拉到最后面摆放着两个小板凳的角落。坐这儿，王克说。荧幕几分钟后重新亮起，世界重新安静下来。停格之后的扭曲画面终于开始流动、分解，一对赤身裸体的男女出现在荧幕之上。

刺激！王克叫了一声。

男人和女人像两条柔软的鳗鱼，他们在二维的平面之内进行着一出令人感同身受的热烈表演。渐渐地，我也退去了那份羞耻，我能感觉到这个场域里每个人内心深处的欢愉。直到我在男人中途停歇的时候侧眼看了看王克，发现他竟然褪下了裤子，他的右手安抚、玩弄着那个蓬勃生长的小蘑菇，并发出轻微的呻吟。然而就在那一刻，一个画面突然间从记忆里冲了出来，毫无预兆地冲毁了我在脑海中营构的性爱图景。麦田里的那个女人，那个女人……我究竟在这里干什么。我突然迫不及待地想要逃离，这个小世界充满了各种大同小异的暴力因子，他们正在用想象同时奸辱画面中的那个女人。那个女人的脸变成了王玉姐的脸，她面无表情地看着下面坐着的人们。最先是羞耻，然后是愧疚，最后是强烈的恶心。逃跑的过程中我不知被谁绊了几下，踉跄着摸到了门把手，身后传来一声谩骂："疯了吗？"

我往来时的路飞奔，撞上了正在寻找我们的刘长征。刘长征用力地拍打了一下我的脑袋，问我跑去哪里了。之后，刘长征停住了，他不再说话。此时，他看见的是一个满脸泪水的我，像一个无家可归的孩子。刘长征问怎么了，是不是打疼我了。我没说话，只是在哭，似乎流泪是我唯一能做的事。刘长征从没见过我哭，我也几乎从不会哭，所以刘长征手忙脚乱地抚摸着我的脑袋。其实我的脑袋早就不疼了，可我没让刘长征停下。我哭着哭着便哭不动了，因为我要去游乐园，去见那个像王玉姐的人。

王克呢？刘长征见我不再哭了，问我王克的下落。我自然不能如实交代，于是我编了一个谎话，说王克去找他朋友了。刘长征追问是什么朋友。我支支吾吾地说我也不知道，只是说下午三点在车站会合。刘长征半信半疑地盯着我，可能是我哭得红肿的眼睛让他心软了，他说好吧。

A

　　周六中午，崖门，你会见到他的。王克留下这句话后走了。王克喜欢搜集那些隐秘的信息，他曾跟我说他以后必定要干刑侦工作，我不知道他为什么如此执着。王克最近总在充当信使，他从来都是这样，总喜欢引我到一个陌生的领域。在自制的迷宫里，王克似乎总在一遍又一遍地告诉我，脚踏实地通常会使人陷入原地打转的困局。

　　下午没课，午饭后我准备回住处。在等公交车的空隙，我聆听着旁边一对老夫妇的交谈。老妇手里拎着小拖车，直视前方，说："谁要你的面子。"老头佝偻着身子，没有看身旁的老妇，他说："我是自愿回来的，行了吧？"他们两人像是根本无视对方的存在，却又一句一句牵制着对方的阵脚。

　　"老大在家待几天？"

　　"三天。"

　　"哦。"老头右手拎着的塑料袋里装着一条活鱼，鱼动了一下，塑料袋发出鼓噪的声响。

　　"老李制备了点烟叶，走的时候带着。"

　　公交车来了，老夫妇一前一后上了车。我掏出手机给家里去了个电话，电话接得很快，我娘就像在电话旁候着，分分秒秒地盼着。几乎都是同样的问题，她也不厌倦，我已经习惯了一套约定俗成的话术，说这些话最能令母亲安心。"嗯，我爹也好，前几天才见过，他宿舍不错，工友叔叔们人也蛮好。"我爸离家一年多，去年春节说是忙工没回家，我和母亲做了一条鱼、一只鸡、一盘伙菜，这年就算过去了。年一过，就重新有了盼头。寒假结束前一夜，我脑子一热问我妈，我爸会不会不回来了。我妈指着我爸一个多月前寄回家的脏铺盖，说："这是啥？洗干净了明年再用，不回来你爸睡哪儿？"

回到住处，罗又家门敞着。我敲了敲门，屋里没人应声，我走进去，叫罗又的名字，仍无人应答。昨晚装纸币的编织袋还留在地板上，只是里面的纸币已经不见了踪影。我在凌乱的客厅里走动，想等罗又回来，跟她解释一下上午社区群的事。过了七八分钟，罗又仍没回来。在我决定离开的时候，我突然发现了掉落在地板夹缝里的东西。其实是它反射的光晃了我的眼睛。我俯身，从夹缝里轻易地将它抽出来，那是一枚闪亮的银色刀片，跟我在卫生间洗手台上见到的一样。当然这可能只是个巧合，这种最普通不过的刀片任意一个超市都会有卖。也可能是上一个房客遗留下来的东西，这都有可能。我只是突然想起来类似那样的时刻，在街上走着走着，看见一对对彼此冷漠的老夫妇，便联想到自己的父母。很多夫妇两两之间也许这一辈子都不会再见面，但仍让人觉得存在着某种关联。感觉到它存在，这令人感到惶惑和不安。

我走出去，将门关好，然后回到住处。手机响了一声，一条防诈骗短信，习惯性地左滑删除。我坐在沙发上，从地上的纸袋里重新翻找出上次王克没有带走的迷宫图。我盯着其中一张看，红色的线条停在某处拐点。下午三点多，身上的汗不断地渗出来，往下淌。我裸着身子，从包里翻找出那支红笔，接上了之前的断点。

初中毕业后，我去了镇上上学，每个月回家一趟。那时候的我似乎觉得自己已经就此脱离了村子，好像一个婴儿不顾死活地拼命挣断与母亲相连的脐带。每次回家都带着一种外乡人的眼光，心里在说，这个地方很快就与我无关了。我就像鲁迅《故乡》里的那个"我"，自顾自说着"我所记得的故乡全不如此"。

在我读高中的三年，村里唯一的学校获批了省政府的教育资金，当然，我们只有眼馋的份。整个学校迎来大换血，教室焕然一新，添置了许多新设施，甚至有其他村子的学生每天步行两个小时只为来这里上学。我觉得那个世界终于改变了，它变得崭新，变成值得期许的模样。但王玉姐的失踪和刘长征的去世都在我初三复读的那一年相继发生，他们没有成为天上的星星，而成了梦魇。他们时常在我的梦里出现，问我为什么如此厌倦这个村子，问我为什么要固执地往黑处走，问我为什么变成了现在这副模样。

高楼的第十三层是办公区，有水滴声在啪嗒啪嗒地响。环绕了一圈只发现了楼梯，于是我从第十三层开始爬楼。只觉得那钟声越来越近，在上行的过程中并不会感到恐惧，这对我来说是唯一的通路，只有往上，不断往上。

B

刘长征挤出售票口的人群，走过来递给我一张票，鄙夷地问我怎么长这么高。刘长征在前面带路，自言自语说应该是这儿，就是这儿。我跟在他屁股后面，眼睛一面瞄着刘长征，一面打量着四处令人眼花缭乱的游乐设施。我只顾着看那艘快要飞上云霄的大船，差点撞上突然停下步子的刘长征。刘长征拽着我的手，将我拉到一棵树后。他像个图谋不轨的小偷，一根手指指向了某处。

巨大的宇宙飞船下方，一个穿着蓝色工作服的女人正在检票。女人侧着身子，我只能看到她的轮廓。像不像？刘长征问。不像，我摇了摇头。你再仔细看看。刘长征把我往前拉了拉，我们走出了树的荫蔽。此时，那女人检完最后一人的票后突然回身，她站在那儿，正望向我们的位置。我一时很慌乱，想找个地方躲避，结果却被刘长征牢牢拽着无法动弹。你仔细看。我不清楚刘长征哪来的胆子，那天在王玉姐家门前落荒而逃的难道不是他吗？我终于冷静下来看向那个女人。某种程度上，我们正面对面，只不过她的目光要更高更远，就像是在看天边的一片游云或一只飞鸟，而我多么希望那片云和那只鸟永远不会飞走。女人的眼睛眯了起来，她终于转身朝着为工作人员准备的休息室走去。此时，宇宙飞船开始转动，此起彼伏的尖叫声和欢呼声从半空传来。

像吗？刘长征仍拽着我的手，生怕我跑走而失去与那女人见面的机会。我没有说话，那女人的确与王玉姐很像，我甚至一度以为她就是王玉姐。但我脑中冒出的第一个念头是，那不是她，王玉姐已经失踪了，她已经彻底地离开了我们的视线。她还没有消失，不是吗？失踪不同于消失。每当我回想起那天麦田里的情景，王玉姐就像是一个背后灵围绕着我，她什么都没有说，可我知道她在质问我为什么要做缩头乌龟，为什么如此胆怯。我究竟在害怕什么？是不是在我内心深处有一团微暗的火，期待着那情景的发生，好像那男人以某种粗暴的方式代替我进行了曾经在梦里幻想过的事。

不像，王玉姐才不是这样的。我扭过身子，想要将休息室里的女人，以及正在旋转的宇宙飞船抛到另一个时空去。OK，你想玩什么，离三点还有……哎，我的手表呢？刘长征盯着他的左手腕。我回想起王克在放映厅抵掉的那只手表……刘长征问我看没看见他的表，我摇摇头说没有。两年前，刘长征在学校里丢过一支钢笔，他因此找遍了学校的每个角落。他说那支钢笔是教育局领导送给他的，其实我们都知道，那是领导忘记带走，被刘长征捡了漏。我甚至可以想象将来的某一天，领导再来视察的时候，刘长征会像变魔术般从胸口的布袋里掏出那支钢笔，然后万分虔诚地物归原主。可惜刘长征没能等来这一天，那支钢笔也从此下落不明。我不知道这只手表是什么来头，但在接下来的时间里，我可以通过刘长征的焦急程度揣测出这只手表的主人是谁。刘长征给我指派了一条路线，他自己有另一条。分头行动前刘长征没说会合的时间和地点，他是做好了找不到王玉姐就不回去的打算。我知道那只手表在哪里，所以我在脱离了刘长征的视线之后，立刻将他派给我的任务抛之脑后。我又折返回去，回到了宇宙飞船的下方。

那个女人不见踪影，检票员换成了一个男青年。我跑过去询问女人的去向，我说那个扎着马尾辫、右脸颊上有一枚绿豆大小痣的女人是我姐姐，我们约好了一起回家。男青年不耐烦地挥舞着手里钉在钩锁里的票头，像赶苍蝇一般跟我说，在那儿，你去那儿看看。男青年指的是一栋墙体被粉刷成湖蓝色的平房，我想决定要把它刷成蓝色的人，也许是想效仿几年前在北京拔地而起的水立方。离平房还有十米左右远，突然那女人走了出来。她已换下工作服，穿上了一条乳白色的长裙。她的眼睛里没有我，余光里也没有。我只有迈着细碎的步子，笨拙地掩饰自己的企图，尾随她出了游乐园的大门。

A

迷宫总算进行到一半，又草草收手。晚上七点一刻，我给罗又发了条微信，问她下班了吗，我想请她吃和小区一街之隔的那个小店卖的云吞。有课的下午，回来时我大多在这家店点上一碗云吞，囫囵吃完，裹热肠胃。等到八点，罗又没有回复。我的肚子早已敲锣打鼓，我决定不再等她，趿拉着鞋出了门。

小店的女老板见了我热情地打招呼，问我还是老样子？我说好，找了个角落的位置坐下。这个时间，店里的顾客已经不多，只有三三两两疲惫赶路的上班族，穿着衬衫和皮鞋，要把自己融化在这片小小的烟火当中。电视里播放着新闻，我随便瞄了一眼。

> "近期，广州天河警方历经三个多月侦查，侦破一宗特大电信网络诈骗案，抓获犯罪嫌疑人 16 名，涉案金额 9600 余万元。"

好家伙，9600 余万元，这是什么概念，我想都不敢想。云吞来了，热气腾腾的，我身上的汗冒得大颗。店里两台立式电风扇来回摇头摆动，飞速旋转的螺旋内轴牵动着叶片，正扑棱棱作响。我咀嚼着云吞，听着一旁两个年轻女人的对话。其中一个短发女人愤愤地说自己也是受害者，银行卡和身份证失窃，本要去补办，却被通知欠了5万元网贷。另一个披肩发女人发出矫揉造作的惊叹声，问那可怎么办。你看看，你看看。披肩发连声说。短发女人从包里掏出一个黑色钱包，发出疑问，什么刀片可以这么锋利？

明天就是周六了，王克说中午会在崖门见到他。我当然知道这个他指的是谁。我爹生得俊朗，现有的几张老照片上，他丝毫不逊色于当红的港台歌星。我娘在几年前做工时意外被压断了一条腿，她拄着拐杖走过我面前时，我觉得我爹和我娘站在一起，完全是两个世界的人。我爹是可怜的，是被欺骗的。他时常跟我娘说再也忍受不了你了，我们的结合就是个错误。他在饭桌上说，在炕头上说，甚至我娘上厕所时，我爹都会喊上一句。我一度觉得他们第二天一早就会去民政局办理离婚手续，但这么长时间过去，他们依然是合法夫妻。我曾旁敲侧击问过我娘，她和我爹是怎么结合的。我娘笑而不语，就像是诡计得逞的小人。母亲是小人，这样说会被学校里的老师敲手心的。我曾假想也许是我娘趁我爹醉酒意乱情迷之时，擦枪走火有了我。也就是说，是我将我爹拴在了我娘身边，是我败坏了我爹的幸福。他们的婚姻，也许构成了双方都感到很有必要的欺骗的生活。

我想起多年前的夏天，曾有那样一段时间，我爹半夜光着上身跑进麦田，我试图尾随、寻找他的身影。我爹就像是充满诱惑的奖励，引我进入那片风一吹便婆娑起舞的麦田迷宫。我爹也失踪了，像王玉姐一样。我决定明天去崖门，并不是为了指责我爹堂而皇之的逃离，而是想远远地看着他。只远远地看一眼就好，确认他没有从这个世界上消失。

回到住处，罗又仍没回复消息，我敲了敲她家的门，无人回应。

B

尾随，似乎是我成长中不可或缺的一部分。我想那并不是出于热衷，而是出于忧虑，就像是在迟钝而漫长的生命里抓取了一道黑色的闪电。我必须时时刻刻盯牢它，因为它转瞬即逝。我认定那是帮助我离开这片腐朽之地的最大机会。可是，某种程度上，我又不希望离开这个梦的迷宫，离开这片随着年岁增长逐渐秃了顶的麦田。还有一年零两个月，母亲的右腿便会终身残疾，她不得不整天待在家里，每个月靠着工厂派发的那点可怜的赔偿金过活。父亲因此有了离开的契机，家里缺少了一半的生活来源，他不得不南下务工，说要攒够我上大学的学费。父亲走的那天，母亲拖着病腿走了三里地去到火车站，目送父亲上了车。那天母亲哭了，我站在旁边听见她哽咽的声音，后来火车的汽笛声掩盖住了哭声。母亲的身体微微颤抖，她的个头竟只到我的胸膛。

女人进了一条人流拥挤的街道，两旁全是卖小吃的摊铺。我距离她七八米远，只见她在人群中一时出现，一时又隐匿起来，就这样引领着我向前。她穿过热火朝天的花鼓队，经过两个互相吐口水的小男孩，在一个冒着热气的火烧摊前停下。她买了两个火烧，然后继续走。街尾的摊位减少，人也没那么多，她在一个车棚下停住，我则躲在一个开着荷花的水缸后面。她左右旁顾，像是在等人，但她要等的人迟迟没来。我蹲得双腿发酸，索性坐在地上，然后，我听见水缸里发出嗡嗡的声音，就好像有什么东西会突然破缸而出。一个穿着白色背心、黑色短裤、红头布鞋的小男孩跑到了女人跟前。男孩笑着接过其中一个火烧，开始狼吞虎咽地吃起来，女人随后吃起另一个火烧。他们在说着什么，但我听不清，只觉得这幅图景似曾相识。

男孩是她的儿了还是弟弟？但他们之间似乎又并不足够亲密。两人吃完火烧后起身离开了车棚，进入一条胡同。胡同的尽头接上另一条街，然后进入下一条胡同。一路上男孩兴高采烈地向女人讲述着什么，我猜想也许是伙伴的糗事。走出最后一条胡同之后，他们不见了踪影。我发誓我并没有被别的什么东西分神，他们走出胡同之后，尽头明晃晃的日光重新铺洒下来。他们消失了，出现在我面前的是一座巨大的垃圾场。

A

周六上午九点，我出了门。我想罗又昨天一定很累，她此时兴许还在睡觉。我没有打扰她，只是从楼下的早点摊买了一份甜粥放到了她的门前，并在微信上留了言。恰好赶上了208路公交车的尾巴，车上空空的，只有五六个乘客，我挑选了车厢最后的靠窗位置坐下。车上的公共电视里正在回放早间新闻，9600万的诈骗案又有了新进展。犯罪团伙另一分队的据点被搜查，电视画面里的犯罪嫌疑人被打上了一块又一块马赛克，供述也做了变音处理。现场激越的民众里，我一眼认出了昨晚那个声称被诈骗的短发女子，她挥舞着一只手，手里黑色钱包恰好砸到了其中一个犯罪嫌疑人的脑门上。犯罪嫌疑人指着底下看热闹的群众破口大骂，画面随之被迅速切回了演播室。

十点半左右，我下了车，按照手机导航往南走。我想，城市不会泄露自己的过去，只会把它像指纹一样藏起来。它被写在街巷的角落、窗格的护栏、楼梯的扶手、避雷的天线和旗杆上，每一道印记都是抓挠、锯锉、刻凿、猛击留下的痕迹，而城市里也有远离城市的地方。曾经有十几个炮口坐落于海边，现在只有为数不多的几个炮口还留有供游客参观的仿真火炮。货轮停在水面上，几分钟后，一批乘客下了船。我看见一个提着棕色皮箱的男人穿行在人群中，他的头发梳得很板正，任海风如何吹都吹不乱，他从口袋里掏出手机打了一通简短的电话，然后要从崖门通过。我想倘若我早来或晚来片刻都会与我爹错过，我本不信命运论，但当我看见我爹俨然一副下海商人的模样从渡口走来，我突然觉得这是老天有意为之。它要让我明白，我爹从来都没有消失，也没有成为一桩失踪案件的主角，他一直都在以他的方式成就自己。当他某天回到村子，在母亲眼里他依然是那个风流倜傥的中年男人，和他寄回家的铺盖一样保留着某种纯朴的气息。

　　尾随，始终待在暗处，给予我一种莫名的安全感。我爹没有打车，而是一直走到我下车的那个站点。大概五分钟后，他上了106路公交车，我幻想中要跟我爹亲吻的女人没有出现。是的，接站不是她的任务，她只需要打个响指或是使个眼色，就会有许多人前赴后继地去做这些事。对一个从山沟沟里出来操着一口浓重山东口音的农村男人来说，穿上这身行头不是件容易的事。面对困难，人们总要给自己找一个捷径。所以，我爹的捷径是什么？

　　我突然决定回到渡口，乘轮渡去古井一趟。刚上大一的时候，我曾和王克去过一次。准确来讲，是王克把我骗去的。王克告诉我在古井的一座塔楼上有一个神婆，只要内心足够虔诚，神婆会解答你任意一个疑惑。我们当时乘着渡船上了岸，然后一路打听着往塔楼走。我本是不信这些的，王克吹得神乎其神，更何况我从不知道王克有什么解不开的疑惑，非要通过这种方式去谋求出路。路上我问王克怎么会信这些，王克傻乎乎地笑着说，好奇，好奇而已。王克说，我不是也跟着来了吗？我没理他，当时我们已经听到了那塔楼上浑厚的钟声。我们每人给了神婆两百块的"通灵费"，王克先进去的。我在门外等了大概五分钟，王克面色凝重地走了出来。我问他怎么了，王克不说话，走到塔楼边缘的栏杆处，一屁股坐到地上，大声哭了起来。我有些发蒙，我从未见过王克这个样子，而这也激发了我的好奇心。等到我进去，我看见那小小的屋子光线昏暗，六支红烛围绕在神婆四周，神婆黑纱掩面，气质神秘。我问我朋友怎么了，神婆用她那分不清男女的声音缓缓地跟我说，你只能问一个问题。好吧，我沉默了一会儿，问了神婆一个问题。我想那或许并不是一个问题，而是一种释放、一种安慰。我问，一个人不够勇敢，是不是罪？

B

一辆垃圾车从大门驶入，绕到一处空地，开始倾倒垃圾，而我所在的位置竟然是垃圾场的腹地。我明白了，那些来来回回的胡同就像是直达迷宫终点的秘密通路。男孩和女人是两个隐藏的 NPC（非玩家角色），完成使命后就忽然消失了。后来我开始往深处走，当时的我对失踪、消失一类的词抱有巨大的愤怒，同时也有着一种我并没有意识到的羡慕之意。凭什么，凭什么他们可以做到而我不可以？所以，我一定要把他们找到。当我发现一块小小的空地，男孩和女人正在那块空地上蹲着看什么时，我试图转换角度看清他们正在观察的东西。后来他们起了身，像参观一个垃圾博物馆一样围绕着空地走动起来。我看清了，那是一本图画书，但距离太远而且脏兮兮的，我看不清上面究竟印了什么内容。视线跟着他们移动，我看见这块空地的四周摆放着各种奇怪的东西。其中，有一样吸引了我的注意，或者说，它用它那脏脏的身体牢牢抓住了我的眼睛。

暗黄的肤色，胶皮一般的身体上捏造出棱角分明的五官、修长的四肢和一对隆起的双乳。一个橡胶娃娃靠墙直立，一动不动，如同在罚站。我当时并不知道该如何形容，她就像是坠落凡尘的女神，正等待着有缘人将她唤醒。现在，男孩和女人走到了她面前。女人突然沉默了，她看着面前的这个赤身裸体的"她"，又看向身旁满脸骄傲神色的小男孩。女人似乎不知该对小男孩说些什么，她走了几步，从一个圆筒里找出一块黑色的布将这个橡胶制品盖上了，只露出那张精致的脸庞。不要，男孩突然一把拽掉了黑布，她婀娜的身体重新沐浴在日光下。女人看了看男孩，男孩渐渐地低下头，小声嗫嚅着什么，我没听清，女人似乎也没有听清，她让男孩再说一遍。男孩憋足了一股气，大声说道，这是我的玩具，我不喜欢它穿黑色！

你是谁啊？我的身后有一个听起来并不友善的男声传来。转过身后，我面对着一个手握钉耙的男人。我一时不知该说什么，于是惊慌失措地跑起来。男人在喊，别跑，我开始加速。可是，来时的胡同口不见了，只有一堆又一堆的废旧电器，所以我只好朝着垃圾场的大门闷头狂奔。跑出垃圾场足够远后，我停了下来。我气喘吁吁地站在一条不知叫什么名字的街道上，心想也许那女人和男孩终于发现了我，也许他们只是看到一个人快速奔逃的背影，觉得这个人的背影似曾相识。也许，他们根本什么都没有看到。

也许，对于我、王克和刘长征而言，我们已在彼此的世界里失踪。失踪，已经不再是一个深不见底、无法触碰的黑洞，它存在于生活的边边角角。有时你只能顾着自己的安危，你心想，只要还没有彻底消失就好。王克沉迷在成人影片之中，刘长征正焦急地寻找他那块永远不可能找到的手表，而我，像是掉入了一个地洞然后又自己爬了出来。多年后的某天，在一个炎热多雨的南方城市，当我见到一个叫罗又的女人的时候，我曾反复回想起这段在垃圾场的记忆。我觉得那女人是罗又，罗又是王玉姐，我拎着垃圾袋遇见罗又就像在那个又脏又臭的垃圾场遇见王玉姐。王玉姐一定是躲了起来，她躲进了一处肮脏潮湿的洞穴，我希望她能原谅我。鲁 E814，那个戴着长舌棒球帽，留着络腮胡的男人，一定就站在迷宫的终点，正惺惺作态地笑着。

A

售票员扣上了窗口，屋里的冷气被阻绝。我忘记我的身份证丢了，跟她说我有学生证。售票员没有理我，而是恪尽职守地拿出小镜子端详着自己的脸。从背包里翻找出钱包后，我忽然想起那个短发女人的遭遇，于是将钱包仔细检查了一遍，上面并没有刀片的划痕。

乘渡船去古井的想法就此打住，折返回到公交站牌。等车的时候我给王克发了一条微信，问他能不能帮我查一个车牌号。当时在塔楼上，神婆的脸蒙在黑纱之后，所以那声音就像是从黑洞里探出来的。她说人都是有罪的，但罪是可以被赎买的。我问怎么赎买，神婆伸手一指，指向了佛龛中的簇簇香火。我起身后退出了屋子，王克似乎已经缓过来了。我问他究竟怎么了，他告诉我说他献的香火断了。那会怎样？我问。不知道。王克神色凝重地摇了摇头。看起来王克是信奉神灵的，那个神婆明显是在借神灵的名义招摇撞骗。我问王克他有什么困惑。王克沉默了片刻后，问我还记不记得我和他一起去放映厅的那天。我说当然记得。从塔楼下来的路上，王克告诉了我他在放映厅的遭遇。我回想起那天我不停问路总算找到那家放映厅的时候，我问坐在门口的男人跟我一起来的那个人在哪，男人抽着烟挥了挥手。我走进那个房间，发现王克蹲在角落里哭。我将他扶出放映厅，反复问过他好多次发生了什么事，王克始终只字不提。王克跟我说他后来又偷偷去过一次放映厅，他想找到那些人，我问那些人是谁，王克回避了我的问题。他说那天他在放映厅里见到了一个熟悉的身影——刘长征。那就像是他们的例会，放映结束后他们在一个女学生身上"交流"观影心得。王克说他当时终于站起来了，他看见刘长征冲上去给了其中一个人一拳。刘长征那天被打得很惨，他根本不是他们的对手，他连被打都那么可笑。

　　王克让我把车牌号发给他，他说他只能尽力，外地的车牌很可能查不到具体信息。我说没事。搭上公交车后，我接到一个陌生电话，电话那头的声音听起来有些熟悉。几句过后，我才辨出那似乎是表哥。他说他下周三回国，二伯去世，要回乡吊唁。表哥说他在广州下飞机先找我会合，然后开车带我回老家。我说表哥别开玩笑了，你知道从广州到山东有多远吗？表哥哈哈笑了一声说，我开得快，赶在吊唁最后一天回去就行。你看，似乎只有死亡会让我们这群人迫不得已想起曾经那个肮脏破旧的腐朽之地。

B

　　我和王克往游乐园走，时间已经是傍晚，天色渐暗，我们必须尽快与刘长征会合。我们根本没有钱坐车，何况，王克还抵掉了刘长征的手表。在我问王克那块手表是不是从刘长征那儿偷来的，王克直言不讳，他说是，他丝毫没有罪恶感。我说刘长征正在找那块表。王克攥着拳头，说会还给他的，该死的，刘长征肯定已经走了，他不会等我们的。我心里想着不会的，但却什么都没说。直到我们远远地看见游乐园的大门口站着一个像猴子的男人时，我终于说出了那句话。我说，不会的，你看。

刘长征终究没能找到那块手表，他汗湿的灰色上衣像个世界地图。在车上，我们谁都没有说话，我们只是并排坐在车厢最后，王克在中间，我靠着窗。不一会儿，天色已经完全黑了下来。我们三人各有心事，沉浸在自己的世界里互不干扰。车里的人上上下下，最后只剩下含我们在内的五个人。其中一个女人坐在我前面的座位，她的马尾辫正随着车厢晃动左右摇摆，像一个催眠的摆钟。另有一个男人坐在侧前方，如果不是他刚好在下一站下车，我会以为他是我爹。他的确很像我爹，也像拥有那辆银色轿车的男人，甚至像那段情色影片里的男主角。不一会儿他下了车，我可以不必再胡思乱想了，女人隔了两站后也下了车，车上只剩除司机外的我们仨人。此时，我突然在右前方的黑暗处发现了一团亮光，那不是村里的路灯。浩大的黑影之中只有它，它随风扑闪，时亮时灭，就像是摩斯密码。我说，你们看。我用手指向那团亮光。王克问那是什么。鬼火，刘长征说。你们想不想去看看？我问。他们两个没有回应，于是到站后我们从村口一起走了一段路，然后分头回家。

我最终还是回去找它了，我想起我爹赤裸着上身跑进麦田的身影，他或许也是被它所吸引。一种未知的、成谜的存在，会诱惑那些心始终没有落停的人们。他们要给自己一个念头，那亮光处有更好的生活，比现在好。它会将你所处的气层戳破一个洞，外面流淌进来的可能是冰激凌的草莓味，又或者是晚礼服上的香水味。我开始往麦田走，继续往楼顶爬。

王玉姐失踪后我再没去过那片麦田，它像是充满魔力的沼泽，仿佛人一靠近便会被吞噬。夏天的夜晚，村民们都会睡得更晚些，沿路的商店、村委会门前都会有三五成群的村民围坐，或下棋，或聊天。我直接去麦田必然会被人发现，可我又不愿错失这难得的机会，于是我想借去世的赵老师留下的空房做掩护。我和王克曾经翻墙进去，我们知道那座房子的墙内有一道窄门，那道窄门可直通屋后的下水沟。沿着下水沟经过几架大棚，便可抵达麦田。我听母亲说，赵老师因一种脏病而死，我并不明白什么是脏病。但出殡的那天之后，从那家门前经过的村民几乎都会绕个弯。我当时并不害怕，所谓无知者无畏，母亲曾叮咛过几次，后来也逐渐不再提起这事。我翻进墙内，乌黑一片，从前我和王克只在白天趁没人注意时翻进去过。现在，月亮被乌云笼盖，只有寥寥几点星光，风一吹，那被封锁的屋门嘎吱嘎吱作响，真有几分恐怖。我给自己壮胆，磕磕碰碰地摸索着，朝印象里那扇窄门的位置行进。

公交车走走停停，翻搅困意。本以为我会就此停留在第十三层，当我重新听见钟声，我体会到玩网络游戏时断了线重连后的那种兴奋。我继续往楼顶爬，一级一级台阶地往上走。实际上，睡梦中的人可以在某种程度上操控自己的梦，我认为我最终能够到达楼顶的天台是我汗湿了床单的结果。我站在天台上，那钟声在我推开门的时候突然停止，偌大的空间内并没有钟，只有一张床垫铺在地上。我愣在那儿，意志开始松懈，很快我意识到接下来我应该做什么。我应该走过，躺在那张床垫上，开始下一个梦，梦中梦。

A

到站后，表哥又打来一个电话，问我会不会开车。我说会，但很生疏。他说没事，让我去一个工厂把车开回小区。我说行，然后便按照他说的地址往那个汽修厂走。一公里，不远。挂断电话前，表哥还说了一句话，他准备把那辆车送给我。我连声拒绝。表哥说也不是什么好车，改装成了越野型，你应该会喜欢。没等我回应，他再次将电话挂断。

车厂里一个染着黄头发的男人热情地迎接了我，说跟我的表哥是旧交。我迎合地说了几句客套话后，在他的引领下见到了那辆车。银黑色的喷漆外壳，越野车轮如同角斗士粗壮的大腿。怎么样？黄发男人问我。不错，我点头。上去试试。我有点不太敢试，黄发男人看出来了，拍了拍我的肩膀。我走过去，打开车门，坐进驾驶室。说实话，自从考了驾照后，我很少有机会开车。有时王克跟伙计借了车带我出去兜风，会让我开一小会儿。我转动车钥匙，一声悦耳的发动机轰鸣给了我极大的鼓舞。它在我的操控下动起来了。开得不错！黄毛男人喊了一嗓子。对了，忘了件重要的事。黄毛男人说着跑进一间平房，半晌后他提着一袋东西跑了出来。鲁E814。男人将两块车牌固定住后说，搞定了，没它可不敢上路。

我以为这个车牌号的重新出现会像一记耳光把我彻底打醒，但我只是越发恐慌。驾驶过程中，我脑子里满是那天的景象。烈日下的车牌像是一面镜子，反射着耀眼的光。戴着鸭舌帽的男人用手摩挲着他的络腮胡从麦田里走出来，他的黑色皮鞋上沾染了黄色的泥。男人将一个包裹着黑布的物体放进了汽车的后备厢，他靠着后备厢迎着风抽了一根烟，然后开车扬长而去。

等红绿灯的时候手机响了一声，我拿起来一看，是王克发来的。车主果真是表哥，那张有着铁青色下巴的脸也是他的。我不敢继续我的猜想，这是没有证据的事，近十年前的回忆也许会随着时间的流逝出现偏差。这个包揽了我生活费的人怎么会做出如此残忍的行径……车停在离住处两条街远的公共停车区，似乎只有尽可能让它离我远一些我才能冷静下来。换个角度想，表哥一定知道王玉姐的下落，或者是一具已经腐烂的尸体的下落。我想我可能并不会向表哥问出这个问题，或是向警察举报这件早已埋入泥土案件的罪犯。我终将是除表哥以外唯一知道真相的人。

我向王克转告了回乡吊唁的事，王克秒回了一个 OK 的手势。走进小区，我突然想起了我爹。回乡的事也许该告诉他一声，也许表哥早就知会了我爹。我有我爹的手机号码，但除了缴纳学费以外，只有他会偶尔打给我，说不上几句便接不下话题，草草挂断。那天罗又和我坐在小广场的长椅上，她指着小广场上的人对我说，这些人看起来差不多，但他们有的永远都不会坐在一起打牌。我摸不清她话里的意思，侧过脸看了看她。罗又接着说，比如我和你，我们现在坐在一起，但当我们回到自己的屋子以后，我做了什么，我究竟是一个怎样的人，你可能并不知道，我也一样。

将钥匙插进门孔后，我回身再次敲了敲罗又的家门，没有回应。正当我准备回屋的时候，我听见身后传来啪嗒一声，门开了，但出现在门后的人不是罗又，而是一个陌生的中年女人。我打了招呼向她询问，她说她没听过一个叫罗又的人。我尽可能地描述罗又的长相，中年女人摇头，说不认识，然后啪嗒一声关上了门。早晨的甜粥洒了一地，已经干结。

B

听说这家死去的女儿没有被埋进祖坟，想想也是，得了脏病，怎么有脸呢？第二天早饭时，我问我娘，我娘是这样跟我说的。脏病到底是一种什么病？我问。脏病就是你做了亏心事，整个身体都要坏掉的病。我怀疑我娘也不知道这脏病到底是个什么。我追问我娘是什么样的亏心事。我娘欲说还休，让我喊我爹出来吃饭，吃完再说。我爹此时正在解手。我娘又听说了，亏心事就是去城里干了见不得人的勾当。早饭过后，我娘非要洗我的内裤，我说我已经洗了，我娘不听，她说我洗不干净。我知道，她是想看看我有没有遗精，就好像一旦开始遗精，便是涉险的第一步。

晚上回家时，我爹和我娘屋里的灯已经熄了。我轻踩步子回到屋里，躺在床上，只觉得浑身疲乏。当时我跨过窄门来到屋后的菜地，沿着水沟往麦田走。这时突然有人在我身后叫我的名字，我回过头，发现是垃圾场的那个小男孩。

他怎么认识我？他怎么会跟到这里？你想不想去看看？男孩问我。看什么？我问。那个屋子里的东西。男孩指向一面墙，我知道他说的屋子是什么。屋子里有什么？我不知道，你想去看吗？从窄门回去，那屋门的锁竟然打开了。每当回想起来，只觉得是一种蹊跷的天意，就像是他们想告诉我什么，我却怕我因此而知道什么。

推门而入，屋内什么都没有。我问他想让我看什么，无人应声，我回头，男孩已经消失不见。我拿起挂在门上的那把锁，发现是一把坏了的锁。空空荡荡，所有物什全部清空，一个人就这样从这个世界上消失不见。这才是干净的、纯粹的！月光像潮水一般漫溢进来，整个屋子变得亮堂堂，月光所到之处呈现出不规则的蓝墨色痕迹，一个人形逐渐浮现。我惊叹于眼前发生的一切，她看上去像个女人，只是没了脑袋。后来月光开始退潮，地上重新变成灰暗的一片。我想起出殡那天王玉姐的眼神，她似乎知道关于这个女人的事，可她什么都没说。

原路返回，浩瀚麦田翻涌着滚滚黑浪一般，早已将那团亮光吞没。后来，当我站在那片已被垦平即将修建休闲娱乐中心的麦田骨骸上时，我想，也许这个世界就是这样，既没有幻想，也没有噩梦。也许我们只好清醒地面对所发生的一切，既不能忘记，也不能视而不见。

A

早晨，我被敲门声吵醒。拖着身子往门口移，敲门声仍不停。我喊了声，王克别敲了！敲门声果真停了。我打开门，站在门外的是我那重新蓄起络腮胡的表哥。

表哥冲了进来，大喊着突击检查！有没有女同学！表哥飞快地跑动，检查完每一间屋子后，笑我怎么还是没长进。我庆幸他没有检查阳台。昨天下午，对门的中年妇女在楼道里骂了一声，半晌后，我打开门，偷偷观察外面的动静。什么都没发生，唯独地上多了一双凉鞋。我认得那双鞋，它曾经躺在阳台上等待风干。当我看到它散落在楼道里的时候，有一个声音告诉我，罗又已经离开了，这是她留给我的纪念品。

表哥站在我面前，我努力将他与麦田里的那个男人对应。车子怎么样，喜欢吗？表哥坐在沙发上，正端详着地毯上的那张迷宫图。嗯，喜欢。我回应。这是？表哥弯身从地毯上拾起了那张图。迷宫，画着玩的。我着急地想从表哥手里拿过迷宫图，表哥手一移，我抓了个空。挺有意思。表哥似乎对这张图产生了兴趣。给我支笔。表哥摊开另一只手。我没有说话，从包里翻找出红笔，递给了他。好了！表哥将图交给我。一条红线从之前的断点处直直地连接到终点。表哥，迷宫不是这么玩的。我感到尴尬。谁说我在走迷宫。我说表哥你该遵守游戏规则。表哥笑了一声，这只是这张纸的规则，不是整个世界的。表哥，杀了人算是破坏规则吗？我小声嘟囔了一句。什么？没什么。我摇了摇头。行了，收拾收拾准备出发吧。

你无法想象那条路有多么漫长，我们四个人坐在车厢里，我驾驶着车，王克坐在副驾，我爹和表哥坐在后座。这令我想起多年前的那辆公交车，刘长征、王克和我，我们仨人各怀心事，一言不发。表哥跟我爹在聊乡村发展的话题，王克戴着耳机，我的手心汗越出越多，眼看就要握不住方向盘。四个小时后，我和王克换了位置，换他开车。四人轮换，除去加油、吃饭、上厕所的时间，总共约需 22 小时。也许我爹累了，他问表哥怎么不坐飞机回去。表哥说，这种漫漫长途似乎更有利于您写诗吧。我爹写诗？我从不知道我爹写诗。叔，给我们念一首吧，几句也好。我爹竟用他那不够标准的粤语念了一段：

　　我躺在光秃秃的垫子上凝神静思／想象自己是一个游泳者／以一种四平八稳的姿势／不倦地游过波澜不惊的时代／一点水花都没有／甚至跟死水一样／没有涟漪／无处不在／无色无味／干燥如纸

　　接下来，换表哥开车。我换到后座，和我爹坐在一起。开了一会儿，我说，不知道你还写诗。我爹沉默了一会儿，说你当然知道。我当然知道？什么意思？我爹笑了几声，仿佛那是一段难堪的过往，而我总算明白了那团亮光与裸着上身偷偷跑进麦田里的我爹的关系。我像是经历了一场幻想的浩劫，每每在深夜里醒来，打开窗户看见他的时候，我总联想到那本色情杂志里的场景。那是我爹内心的热爱。他如今就像是衣锦还乡的吟游诗人，已经在一个炎热多雨的南方城市里脱胎换骨，似乎重婚、贵宾犬、棕色皮箱都已不复存在。当然，这也可能是他用来掩饰真相的把戏。我也终于认识到，我一直都不了解这个我叫他爹的人。

轮到我爹开车的时候，天已经黑了。王克似乎睡了，坐在我旁边的表哥手机一直亮着。他忽然拍了拍我的大腿，然后把手机伸到我面前。你看。我眯着眼，快速阅览着屏幕上的字。诈骗团伙的另一据点也被查获，地址就在……就在我所住的小区！表哥点开文字中间的一段视频，当那些图画开始运动起来的时候，我感觉我的脑中一股热流涌过。然后，一闪而过的是罗又的脸。我一把抢过手机，将画面定格前移，那模糊的人脸轮廓我还是一眼认出了。那是罗又，的确是她，但那又像是王玉姐，像是出现在游乐园和垃圾场的女人。警察拎着几个编织袋从镜头前走过，记者举着麦克风说，查获数额等待进一步核实。此时，我听见我爹再次念了一句诗：

生活就像是被剪碎的螺旋白纸 / 只有当它被外力拎起时 / 你才会看到 / 那彼此交缠的美丽花纹

尾声

进入山东省内，又换成了我开车，这是回乡的最后一程。表哥说时间紧急，让我直接开去灵堂，但王克突然呕吐了，我们只好临时停车。我陪着王克在路边的树林里走了一会儿，期间我接到一个陌生电话，接起来后对方声称我在网上贷了6万块钱，月底是最后还款期限，并说了一些威胁的话。我没有多说什么，只回了好的，我知道了。也许是诈骗电话，也许是真的。罗又欺骗了我，我的身份证是她偷的，她烧的全部都是真的人民币，从头到尾她所说的一切都是假的。那是她惯用的行骗伎俩，我只是沉迷在她的一套话术之中。即便是这样，我想我也不会责怪她，她像是一个已经失踪却又重新出现的人，是她给了我一种可以赎还的方式，赎还我当年因为胆怯而对王玉姐的遭遇缄口不言的罪。神婆说，烧香火，烧香火。六万块钱在我们喝酒的那天晚上就已经被烧掉了。

王克好转后，我们重回车上。表哥说二伯马上要被送去火葬场，我们必须加快速度。我将车速提到100迈，在开阔的乡路上奔驰。这些年里它已被城市化进行了大刀阔斧的改造，像很多大都市一样，拥有了钢筋混凝土的办公楼以及坦荡如砥的柏油路。每一个在这块土地上失踪的生命最终都会留下记号。不远处的路牌上写着"前方500米乡派出所"，就像是在提醒我，是时候了。我故意放慢了速度。怎么没劲了？表哥察觉出了车速的变化。我的心越跳越快。距离派出所还有十几米的时候，表哥突然喊了一句，停车，我来开！我有一种被解放的复杂感受，啪嗒了几次后才打开车门。当时我就站在派出所的不远处，我可以飞跑过去，冲着里面的人大喊，我的表哥是杀人凶手，他强奸了王玉姐，他罪该万死，他应该被枪毙。上车！愣着干啥！我盯着坐在驾驶室里的表哥，攥紧了拳头。上车！聋了吗?！车再次开了起来。在飞速前进的过程中，我的脸上流淌过滚烫的液体。我默默告诉自己，那不是王玉姐，那只是仿真人体，是充气娃娃，是情欲……

我们还是错过了最后的时间，表哥拍了一下车的后盖以示愤怒。行吧，我们先去坟地等着。此时，汽车的后备厢突然弹开，表哥受到惊吓骂了一句。表哥打开了后备厢，随之露出一副惊讶的神情，一旁的我爹也张大了嘴。王克拉着我凑了过去。

一个女人的头。不对，一块被塑出女人五官的橡胶材料安静地躺在那里，用她那双冷漠的眼睛直视着在场的每一个人。这是个啥？我爹问。哈哈，玩具，玩具。表哥将那个橡胶人头从后备厢里取了出来，放在手里。奇怪，身子呢？身子才是最好玩的。太阳收拢了锋利的刀，田鼠还未出洞觅食，那一刻，在我心里建筑成的脆弱堡垒，我认定的事实，我企图讲述的事，全都破了洞。

表哥和我爹在一片空地上抽烟，王克将我偷偷拉到一边，问我刘长征的墓在哪。我说我也不知道。王克沿着一排排墓碑寻找，我丢了魂般跟在他身后。终于，我们在一个杂草丛生的小土坟上见到了一块低矮的墓碑，上面刻着刘长征的名字。王克看着墓碑，笑了一声说，死后也这么窝囊。接着他从口袋里掏出一个东西俯身放到了碑前。这是？我问。不是当初那块，那块已经找不到了，该死的。王克突然跟我说，你知道我问了神婆什么吗？我问她人该怎么赎还自己的错误，她说了好多种残忍的刑罚，最后她说也可以向神灵供奉，我一直认为那炷香断了不是没有原因的。如果我们明明知道什么却没有说出口，如果我们明明看到了什么却装作没有看见……你想说什么？我看向王克。王克问我还记不记得他曾跟我讲过放映厅的事。我说记得。王克像吐露一个无关痛痒的事实，他说，你离开的那天，放映结束后，有几个人还没走，他们就像是在谋划什么围聚在一起。然后，其中一个男人走出房间，过了一会儿他带了一个跟我们差不多大的女学生回来。我躲在阴暗的角落里，他们似乎没有发现我。王克停了停，脸上露出痛苦的神情。他们在那个房间里强暴了她。我一直躲在那里，直到他们穿上裤子离开。那个女学生起身时发现了我，她看了我一眼，就像是在责问我为什么不作声。当年我们都嘲笑刘长征，后来却发现自己连他都不如。

送葬的队伍奏着哀乐来了，天空突然开始飘起绵细的雨，我和王克准备往回走。走了几步，我突然留意到一个墓。我指着它，问王克这是谁的。王克凑近了一看，说好像是赵老师。几天前的新闻你看了吗？什么新闻？我问。省教育局的副局落马了，翻出了好些黑料，赵老师就是其中之一。我看着王克，等着他继续往下说。是这样的，当时来学校视察的县教育局副局长你还记得吗？是他把赵老师指派到县里一所小学教书的，有人说赵老师是被强奸后不堪受辱自杀的，所以，那脏病只是个幌子。对了，听说王老师跟这事也有些关系，赵老师死得不明不白，王老师几番上诉无果，没多久就失踪了。有人说王老师去寺院当了尼姑，当然，也许都是道听途说，七年前在这山沟沟里死的一个人，现在谁还会深究？我本来想告诉你的，怕你多想。王玉姐对你是好，但她已经离开很久了，我们能做的也许就是这样了。王克干笑了一声，拍了一下我的肩膀后往送葬的队伍走去。

那晚的月光一退，就什么都看不见了。小小的土坟四周摆了几盆花，淡紫色的花瓣迎风翕合。这是我们去学校门口搬物资那天，刘长征让我放到王玉姐办公桌上的花。这就像王玉姐留下的记号，她不辞而别，在所有认识她的人的生活里失踪了，一定有了更好的去处。那扇窗后什么都没有，除了深不见底的黑色和一些谵妄的幻想，我突然想到我爹的那句诗：想象自己是一个游泳者／以一种四平八稳的姿势／游过波澜不惊的时代……这是我爹的人生哲学，他用他的诗句掩藏了虚伪，述说了真实，我们其实从来都没有视而不见，相反，我们全部都看在眼里。

当我这条红线进入三维空间，也许就会看到一个飞走的女人，看见她正用她的双手收拢那些飘散的灰烬，归予已经离开的人。好了，我不想再多说什么了，夜晚迟早会来。此刻，我有点想念我那张小小的单人床了，我想躺在它上面，一觉睡到天亮。

它根本不是从外面逃出来又钻进他心里去的。

它一直就在那里，

一个只有杜明亮自己知道的地方。

日有所思，夜有所梦，心思太重，
话就顺着梦从嘴里溜了出来。

梦　游

1

　　杜明亮小时候也犯过类似的错，例如把黑色蝌蚪误以为是青蛙的孩子而把它们用两只手圈在水里。李板说，这是画地为牢。圈起它们没什么错，错就错在杜明亮在那天（恰好是蛤蟆繁殖的时节）与李板分手后又偷偷回到河边，随意捞了几只，然后一路小跑回了家。没跑几步，手里的一汪水便早就洒干净了，几颗黑色的豆子啪嗒啪嗒跳动几下不再动弹。回了家，杜明亮把它们扔进了院里的那口枯井。井底积了一层雨水，蝌蚪也许会活过来。

　　那本《成语大全》是杜明亮借给李板的，书其实也不是杜明亮的，而是杜明亮从佳航表哥那儿偷来的。两张十元、一张二十元夹在书页中间，每隔两页夹一张。钱拿走，书也就没有用了，借给李板或者谁都不紧要，有借无还也无所谓。重要的是钱。钱的事佳航表哥谁都没有说，自然不可能告诉杜明亮。怪只怪佳航表哥日有所思，夜有所梦，心思太重，话就顺着梦从嘴里溜了出来。滂沱大雨的夜，杜明亮和表哥睡在同一张床上，雨声没有掩盖住秘密。

实际上，杜明亮不仅偷走了那本《成语大全》，他还偷走了和《成语大全》紧紧相贴的《冷笑话精选》。只不过，这本书里并没有钱。杜明亮想，两本书就像他和佳航表哥两个人。但现在，佳航表哥成了笑话。为什么不直接偷走钱，而要把书一块偷走？杜明亮觉得带走书反而不易被察觉，如果只是钱没了，那代表必定是有人发现了这钱。三天过去了，表哥没有怀疑杜明亮。杜明亮为了避嫌，也再没有去表哥家玩。到了第四天临近中午，表哥的声音在门口响起，杜明亮的母亲开了门。表哥进屋后，把手里提着的一袋萝卜干交给她，杜明亮母亲喜笑颜开，半推半就还是收下了。迟早会收下的。杜明亮本不想从卧室出来的，只是母亲喊他，他不得不应一声，再拉开一条门缝，偷偷观察表哥的神色。做贼心虚，手抖，门缝一拉便拉大了，坐在客厅沙发上的表哥一眼便瞥见了杜明亮。顺势开了门，趿拉着凉拖，跨嗒跨嗒地走。

"没个样子。"母亲斥骂了一句。

杜明亮没想坐下，站在茶几对面，眼睛盯着茶几上的苹果看。母亲随手拿起的苹果上有一个黑色的虫洞，杜明亮看见了，但没吱声。

"好好坐着，跟你哥学习学习。"

"跟我有啥好学的。"表哥笑道。

"听你妈说，这回又是前三。"

表哥还是笑，不回应。笑就是回应。

"明亮喜欢看什么书？"

"啊，我，我……"杜明亮一时吃了钉子，吐不出，咽不下。

"他哪儿看啥书，能把功课做好就谢天谢地了。说起书，倒是前几天看见他翻一本什么。"母亲说着把削好的苹果一分为二，一半给了佳航，另一半给了杜明亮。

杜明亮接过苹果，只端在手心，嘴里的钉子还在。

"看书好，随便翻翻也好。"

"对啊，佳航你吃，这苹果甜得很。"

表哥咬了一口，汁水溅在茶几上，嘴里的那块还没咽下去。他又笑起来，这回是略显尴尬的笑。

"没事，吃吧。"母亲说着用抹布抹了抹溅上汁水的地方。

"喜欢看什么类型的书？"

"都行，都行。"

"都行，都行，"母亲照杜明亮的话学了一句，"冷笑话啥的就别看了。"

"笑话也是可以的，劳逸结合嘛。"

"笑话可以，冷笑话还是算了，不知道这孩子从哪儿搞来的书，大半夜看得我更睡不着了。"

杜明亮母亲失眠，据她说是离婚那天开始的，也许更早。

无论怎么说，都一副受害者的模样。杜明亮不喜欢，父亲毅然决然地选择离婚，在旁人看来是负心、不负责任，但杜明亮却觉得父亲做了一件对的事。做对的事简单也不简单，有些时候，不是一个人不想做对的事，而是无可奈何。无可奈何这个词，也是杜明亮后来从《成语大全》上学来的。没看几页，看过的几个词却都记在脑子里，记住了，又觉得这些词跟他的生活有千丝万缕的联系。

"我也有一本冷笑话，还挺有趣，改天我给您捎过来。"

"不用不用，我平时也不咋看。难得你还想着。"

杜明亮觉得，母亲和表哥说话跟和他说话时完全不一样，就好像表哥在母亲眼里已经是大人了。可以被当成大人对待，对十一岁的杜明亮来说是一件梦寐以求的事。可实际上，杜明亮十一岁，表哥也不过十五岁。这样想，便觉得不公平，四年时间并没有多长。但李板说，我们只有十一岁，四年几乎是我们生命的一半了。杜明亮听后，又觉得这四年无比漫长，也许是遥不可及的。

书被偷的事表哥好像并没有发现，又或者，那本《冷笑话精选》在表哥的书架上是不会被触及的存在。被偷了或没被偷，都无关紧要。这本书除了会加重母亲的失眠以外，或许还可以在《成语大全》被小偷瞄上的时候充当掩护。想到这，杜明亮忽然觉得那本《成语大全》很可能也是谁的掩护，那四十元要掩护的必定是更多的钱。

表哥走后，杜明亮冲进母亲的卧室，把那本放在床头的《冷笑话精选》拿了回来。并且他想，必须尽早从李板那里把《成语大全》要回来。书在外面，像放风筝，表哥一来，杜明亮才发现手里的风筝线实在太短太短。而那四十元钱呢，还裹在铅笔袋的夹层里，压在几本暑假作业下。偷来的钱也有正当的用途，只是时间没到，只得捂着，发酵。

2

　　半个月前，李板跟杜明亮说有人给他托了梦。这个人不是别人，就是他自己。自己给自己托梦？杜明亮不信。李板又解释，这个自己又不是自己，说不清。杜明亮也听不进去，于是两人去小卖铺各自买了一瓶汽水，咕咚咕咚一饮而尽，喝得胃里冰凉。托的是什么梦，李板没告诉杜明亮，他只说，自己给自己托梦，醒过来通常是记不太住的。这点杜明亮赞同，即便不托梦，随便做了个梦，醒来后脑子里也只剩下大概。梦醒后再自己回忆又变得不够可信，一个是梦里，一个是现实，两者是不一样的。李板煞有介事地说，杜明亮却并没往深处想。李板这个人的话很多时候是不可信的，他爱说胡话。两个人有时候逃课去镇上的放映厅看片子，逃课前李板便想好了应对老师和家长的话术。杜明亮跟着他不愁，有玩有乐，也不在乎这些胡话。胡话和谎话其实是不一样的。所以，有一个法子，如果自己给自己托了梦，恰好这个人又有说梦话的习惯，别人听见再转述给他，这就算有了见证。自证加上他证，就可信多了。

杜明亮是在偷书的那天晚上忽然想起了李板的这番话。

雨声太大，杜明亮睡不着，身旁的表哥睡得却沉。这时表哥忽然像朗诵课文般说了一句，四十，《成语大全》。那模样像一个人入了梦还在对现实中的自己耳提面命。杜明亮吓了一跳，原本睁着的眼睛立刻闭上了，不敢动弹，连呼吸都谨小慎微。直到表哥说了第二句，杜明亮才偷偷睁开眼瞄了瞄表哥，见他呼吸正重，还咂了咂嘴，原是说梦话呢。一开始杜明亮没多想，以为《成语大全》这本书的售价是四十。没一会儿，表哥又说了一句，钱，不是我偷的，不是。杜明亮这才觉出蹊跷。或许是表哥用偷的钱买了《成语大全》，可真有如此好学的人吗？竟然偷钱去买书！偷的钱买什么不好，偏偏要买书。杜明亮不信，睡意也消磨全无，一双眼睛瞪得透亮。杜明亮爬起身，跨过表哥的身体，下了床。表哥没醒，醒了也无妨，就说去尿尿。这样一想，说胡话也不怎么难嘛。

杜明亮在房间里慢慢地走，如同有指引般。那本《成语大全》藏在书架上，侧封上烫金的四个大字却在黑暗里熠熠发亮。一眼看见了，又伸手去拿。表哥睡得正熟，没有觉察。

"就是你偷的，就是！"

表哥突然的一句把杜明亮吓了一跳，好在书紧紧攥在手里。

心扑通扑通狂跳，除了他自己没人听得见。表哥没醒，还在说梦话呢。杜明亮缓缓地呼出一口长气，心安定了些。随手一翻，书页里有什么掉了出来，一片黑暗里看不清。杜明亮急忙欠身去桌底下找，只见一张二十元纸币落在地上。钱！是钱！捡起来，重新插回书页里，再从头到尾仔细翻一遍，还有意外收获。除了这张以外还有两张十元，总共四十元。杜明亮将这本书攥得更紧，看一眼床上，表哥还在傻乎乎地睡呢。其实，如果没有这笔钱，杜明亮也不会往那方面想，是钱把他勾起来的。所以杜明亮觉得钱是坏东西，但也是好东西。大人们往往只在意后半句。

"钱偷了就去找，找《成语大全》。"

这是杜明亮把两本书塞进书包，躺回床上前，表哥说的另一句梦话。躺回去，竟很快睡去，虽然揣着做贼心虚的不安，但也正是这不安使整个人疲惫得很，所以睡得也快。睡着了，表哥此后又说了什么梦话也不得而知了。

杜明亮后来想起李板那天跟他说的话，又想起表哥的梦话，才觉得必须立刻把《成语大全》要回来，毁尸灭迹，以绝后患。电话接通，李板支支吾吾了半天，说是把书弄丢了，连说了几声对不起。杜明亮不作声，他根本没想到书会被弄丢。李板见杜明亮不说话，又说会赔给他的，问杜明亮那本书多少钱。赔钱？那本书的售价杜明亮并不知道，拿到书只顾着里面夹的钱，哪有心思去看一眼售价。丢了东西是该赔，可李板是他的朋友，直接让李板赔的话杜明亮说不出口。这时李板说，大不了我去书店再给你买一本。四十，我想起来了，是四十。话说出口，杜明亮这回才真切地感受到什么是真正的做贼心虚——自己就这样用一本偷来的书得到了八十元。去北墅监狱的车票单程四十，有了这八十，就不怕有去无回了。

3

去北墅监狱的事是李板先提起来的。李板说，北墅监狱关的都是十恶不赦的杀人犯，有的判了无期，有的是死刑。杜明亮听见监狱两个字便心里一紧，又听关的都是杀人犯更是发慌。李板说他想去看看，杜明亮问那有什么好看的。你不想看看那些人吗，很快要死掉了，那些人临刑前的晚上一定会做梦，是来世的自己给自己托梦，我想知道那些梦。这是杜明亮第一次听李板说托梦的事，他没当回事，后来李板又说起一次，杜明亮在表哥的床上才想起来。

把《成语大全》借给李板的那天晚上，杜明亮做了梦，他梦见一个黑影，黑影说他叫杜明亮。

"你也叫杜明亮？"

"我就是杜明亮。"

"我也是杜明亮。"

"那我们很可能认识，或者，我们就是一个人。"

我们就是一个人。杜明亮忽然想起李板跟他说的话，怕不是他也碰到自己给自己托梦的事了。杜明亮想看清那黑影，身体却无法靠前，像被束住，手脚都不能动弹，只能说话。

"你应该到北墅监狱来。"

"北墅监狱？为什么？"

"因为我很快就要死了。"

"你说什么？"

梦到这里断了。杜明亮惊醒，一身冷汗。刚才梦见了什么，说了什么，几乎都想不起来了，心里却感到一阵巨大的恐惧。杜明亮依稀记得黑影说的最后一句，我很快就要死了。如果这真是自己给自己托的梦，那莫不是一种警示。

第二天把李板约出来后，李板先把四十元给了杜明亮。杜明亮学母亲的样子半推半就接过了那四十元钱。李板以为杜明亮叫他出来是为了钱的事，其实不全是，更多是为了问清楚托梦的事。

"你也碰上托梦了？"

"可能是吧，我不确定。"

"这样，我教你个方法，晚上睡觉的时候，你打开录音机，用一盘空的磁带录音。第二天你再听听录好的磁带，要是有你说的梦话，那就是自己给自己托梦了。"

杜明亮知道，李板又在说胡话了，可他还是按照李板的话做了。

录音机是母亲的，通常晚上用来听夜话节目，一个故作深沉的中年男人在讲情感和婚姻。母亲不听节目晚上更睡不着，杜明亮不知道该怎么跟母亲讲。饭桌上，他盯着面前的一盘凉拌猪舌头出了神。

"想啥呢？"母亲挥了挥手里的筷子。

"没想啥。"

"没想啥这么出神。"

"哦，想成语呢。"

"啥成语？"

"画地为牢。"

"啥意思？"

"不知道，说是今晚广播有成语学习节目，会讲。"

"那就听嘛。"

杜明亮就这样搞到了母亲的录音机。

操作简单，没一会儿杜明亮便将录音机该如何录音，如何回放弄清楚了。并且，他也把学校发下来后从没用过的英语磁带洗了个干净。一切准备就绪，就等入睡了。

晚上十点多，卧室外传来了敲门声。

"学得怎么样？"母亲开了门，探进半截身子。

"嗯嗯。"杜明亮稍显慌乱地点了点头。他正斟酌录音机放置的最佳位置，好把梦话录得更清楚（如果他真的说了梦话）。

"嗯嗯是什么意思？听完课了？"

"嗯，没呢，还有后半段。"

"这课还挺晚。"母亲将信将疑，"那本冷笑话在你那吗？"

"是，以为你不看了。"杜明亮说着从书桌上把那本压在暑假作业底下的《冷笑话精选》抽了出来。母亲接过后，嘱咐了一句听完早点睡觉，便退了出去。

又过了半小时，杜明亮听见屋外的关门声，母亲已经回了房间。杜明亮把录音机放在床头柜上，这才躺到床上。先是以平躺的姿势，怕梦话录不清楚，又调整了睡姿，侧躺，将脸朝向录音机。一切准备就绪。杜明亮按下了开始按钮，深吸一口气，缓缓呼出的过程中闭上了眼睛。

4

佳航表哥再来的时候，母亲不在家，杜明亮迎表哥进屋，不知该说些什么。他话语局促地让表哥坐，又学母亲拿起茶几上的苹果。自己不会削苹果，只能一整个递给表哥。表哥笑着接过苹果，又放回了茶几上，接着打开了背来的书包。

"听阿姨说，你最近在学成语，这个你或许能用上。"

那是一本《成语大全》，同样的雕花封皮，同样的四个宋体烫金大字板板正正地印在上面。杜明亮脑袋一蒙，哪里还想着接。表哥把书在杜明亮面前晃了晃，杜明亮才晃过神，接过来，又忘了说声谢谢。

表哥拿起刚才放回茶几上的苹果，咬了一口，这回汁水没有溅出来。表哥知道吃这个种类的苹果要一边吃一边吮吸，即便杜明亮并没有告诉表哥。为避免说话，杜明亮也拿起一个苹果啃起来。

"弟，最近学了什么成语？"

杜明亮知道自己逃不过，却又不确定表哥是不是发现了什么，在有意试探他。

"画地为牢。"这是杜明亮脑袋里第一个跳出来的成语。

"画地为牢？"

"嗯。"

"什么意思？"

杜明亮哪里知道这个成语是什么意思，即便他有很多次机会能够知道。第一次从李板口中听来这词的时候，他偷走表哥的《成语大全》以后，以及骗母亲要用录音机听成语节目的时候（这个节目其实是杜明亮编的，是他说的胡话），这些机会杜明亮全都错失了。到了表哥这里，被抓了现形。一紧张，一块没嚼烂的苹果抓住机会窜进了气管，他开始剧烈地咳嗽，咳了好半天。表哥给杜明亮拍背，也拍了好半天。苹果到底没咳出来，也许根本就没卡进去，只是茶几上溅了许多混合着苹果汁的口水。杜明亮看着那星星点点的口水，恍惚间理解了什么是画地为牢。

两人的苹果都没再吃下去，坐着缓了好一会儿。喝了表哥给他倒的水，杜明亮的气才终于顺了。客厅里实在太静了，杜明亮心想表哥为什么还不走？是不是在等着他主动承认错误？若是有个电视还好，随便打开什么节目，出点声音也不见得像现在这样尴尬。杜明亮家里原先有一台电视，是父亲买的，只不过能收到的节目只有两个，《天下足球》和《京剧荟萃》。父亲在时还会看看足球节目，自从父亲离开以后，电视便闲置了。有时候母亲听着电视里雪花的白噪声睡着了，一觉到天亮。失眠缓解了，母亲却喜忧参半，源于如果必须听白噪声才能睡觉，那岂不是要开一晚上电视，要浪费多少电费。于是母亲把白噪声录成了磁带，没多久，电视便坏掉了。没人再看，也懒得去修，一直放着。

"我妈应该快回来了。"

"我也该走了，书不用急着还找，慢慢看。"表哥说着起了身。

杜明亮揣着的不仅是偷书的心虚和羞愧，这些不能跟表哥讲，但别的或许可以，毕竟表哥似乎也是自己给自己托过梦的人。

"表哥。"

"怎么了？"

"你，你说梦话吗？"

"梦话？不知道啊，应该不说吧。"表哥又笑了笑。那笑让杜明亮的紧张稍稍缓和了一些。

"是吧，自己一般不知道自己说不说梦话的吧。"

"你说梦话吗？"

杜明亮摇摇头。

"不说，还是跟我一样也不知道？"

杜明亮还是摇摇头。表哥笑得更厉害了。

表哥走了，杜明亮想说的和不敢说的到底都没能说成。是好是坏，杜明亮也分不清。

5

有了《成语大全》，再赖着不还母亲的录音机已是不可能。录好的磁带留下，录音机还给了母亲。杜明亮把那盘磁带压在了暑假作业下，这个位置原来就是留给心事的。藏在看不见的地方，又不是消失了，反而越沉越重。杜明亮反复想着李板的话。李板说，北墅监狱关着的都是十恶不赦的杀人犯。梦里那个杜明亮说他就在北墅监狱，这是否意味着我（杜明亮摸了摸自己的胸口）以后会犯下大错，杀了什么人。这个杜明亮是托了梦在警示自己，监狱里的生活并不好过，可那到底是什么样的生活？里面的罪犯到底是什么模样？

打给李板，杜明亮直入主题，问李板人在什么情况下会自己给自己托梦。

"你也碰到了？"

杜明亮没说是，也没说不是，只说了一句我不知道。

"这不好说，但一般是在那个托梦给你的自己有危险，或者是快死的时候。"

"快死的时候？"

"是啊，人之将死，其言也善嘛，自己快要死的时候更要做善事嘛，这就叫自救。"

李板的话多多少少有胡话的成分，杜明亮虽知道，却也不由自主地信了。

"那个自己在哪儿？"

"这不能说。"

"你不是也碰到了自己给自己托梦吗？"

"就是碰到了才不能说，说出来就破了。"

"破了？"

"对，破了。"

"那要怎么自救啊？"

"我不太清楚，但我觉得要根据梦话。"

"梦话。"

"你该不会……"

"没有！"

有好一会儿两人谁都没说话，电话通着。杜明亮的呼吸声粗重，呼气声吹进话筒，发出嗡嗡的声响。

"一起去吧。"

下一秒李板便回问了一句："去哪儿？"

"北墅监狱。"

6

佳航表哥带来的那本《成语大全》还留在茶几上。除此之外，两个没吃完、切面早已氧化发黄的苹果和茶几上干结的苹果汁也还在。傍晚母亲回来后把杜明亮从屋里叫了出来。

"家里来人了？"

"嗯。"杜明亮瞥了一眼茶几。

"谁啊？搞成这样。"母亲说着，开始收拾茶几上的残余。

"表哥。"

"佳航？"母亲停下手上的动作，看向杜明亮，露出难以置信的眼神。

"书是表哥送来的，后来李板又来了。"

"也不知道收拾。"母亲端详着桌上啃了一半的苹果，嘟囔了句"浪费"，却还是咬了一口。确认还能吃，又接着咬了第二口。杜明亮觉得母亲手里的似乎就是差点要了他小命的那只

104

苹果。

"书看完了，记得早点还给人家。"

"嗯。"

"我记得你不是有本成语……"母亲扭头看了一眼茶几上的书，"叫啥，《成语大全》。"

"那本是李板的，前几天他要回去了。"

"李板也对成语感兴趣？"

"算是吧。"

杜明亮拿起茶几上的《成语大全》，回了屋。《成语大全》和那盘磁带一起被压在了暑假作业下。《冷笑话精选》在最上面，不知母亲是什么时候还回来的。杜明亮平时不看，现在倒想着翻翻。随手翻到一页，狼、老虎和狮子谁玩游戏一定会被淘汰？狼，因为桃太郎（淘汰狼）。不好笑，笑不出来。

杜明亮不知道自己为什么会下意识地维护佳航表哥在母亲心里的形象。或许是仅凭吃剩的苹果并不足以撼动，倒不如不说，说了母亲多半也会怪在他头上。如果把表哥的梦话说给母亲听，会不会有所不同？但梦话这种东西谁又会信呢。梦话里的四十元和现实里的四十元杜明亮都见证了，见证了不代表可以说，说了又不足为信。很多真话都被掖藏住，久而久之或许就变成了胡话。

出发日期定在几天后的上午。前一天晚上，杜明亮打算再用母亲的录音机听一下他的梦话，或许会对其中一些细节有新的理解。录音机顺利到手，翻开暑假作业准备拿出磁带的时候，却发现那本《成语大全》不见了。翻遍了每一摞书、每一个抽屉，都没找到。书不翼而飞。思来想去，唯一的可能就是母亲进了房间，检查暑假作业的时候，无意收走了《成语大全》。母亲没有理由拿走书的。多想无益，杜明亮只能去问母亲。母亲说没拿，那大概就真的是没拿了。回房间重新找了一遍，仍是没找到。杜明亮再次走到母亲跟前，如实告诉母亲《成语大全》丢了。书丢了要赔，杜明亮没钱，赔也是母亲赔。四十元钱被母亲攥在手里，她哪里知道现在一本书可以卖到这么贵。母亲将信将疑，反复问了好几遍，杜明亮说，你要是不信，我打给表哥让他跟你说。说到这，母亲才松了手。

现在，总共有一百二十元了。一笔杜明亮之前从没能拿到过的巨款。过年的压岁钱揣在兜里，还没捂热，回了家便要全数交给母亲。母亲告诉杜明亮那钱是大人们之间的来往，有来有往，不能在杜明亮手里断了，把道理硬生生地说给杜明亮听。杜明亮到底还是个孩子，只知道钱的好处，还不知道钱的坏处。钱能买糖、买漫画书，钱被母亲收走，心里总会空落落的，但过一段时间也就好了。

躺在床上，将之前录的磁带放进录音机，按下快进键，齿轮飞快转动，发出低沉的嗡嗡声。杜明亮憋着一口气，只等着听那梦话。磁带最多只能录六十分钟，这个问题杜明亮在第一次听录音的时候才发现。那六十分钟里，的确有梦话，但只有一句，杜明亮反反复复听了好多遍才依稀听了个大概，说的似乎是"我不是杜明亮"。

那天晚上杜明亮睡了八个多小时，除去这六十分钟，余下的七个多小时里杜明亮说没说梦话，说了什么梦话，都不得而知。依靠录音这种方法无法完成，当时市面上售卖的几种录音机最多也只能录两个小时。除非像那晚杜明亮在表哥家睡觉那样，有一个人醒着，或听，或用几个空白的磁带接力录音。唯一的人选是李板，可想来想去，杜明亮还是没跟李板说。睡觉时是一个人最缺乏防备的时候，说了什么，做了什么，是不加掩饰的。若是被人听了去，那简直就是给听的人开了一条隐秘的通道，通到做梦的人心里去。这很危险。如果杜明亮知道一年后随身听会横空出世，只要电量充足，想录多久的音就可以录多久，或许去北墅监狱的决心会下得更果决一点。

7

杜明亮原本害怕那黑影再在梦里出现，现在却又希望出现。只是这几天来，黑影只出现过那一回。第二天吃早饭的时候，母亲又问起书的事。杜明亮说吃完饭他就去给表哥道歉，赔钱。临出门，母亲又让杜明亮提了一袋苹果一同送去。出了门，本要去和李板碰面，看时间还早，又不能把这一袋苹果带去北墅监狱。表哥家不算远，走路十五分钟，而离和李板约定的时间还有半个小时，杜明亮决定先去表哥家。八十揣在左边口袋，四十揣在右边口袋。一路上杜明亮都在想该怎么跟表哥说这件事。敲了门，是舅妈开的。杜明亮问了，表哥在家，本想托舅妈转告，却无奈被热情的舅妈拉进了屋。

"苹果是我妈让我捎来的。"

"哦呦，一看就好吃，明亮真懂事。"

表哥这时从卧室里走了出来，朝着明亮招了招手。杜明亮的右手揣在口袋里，揉捏着其中一张纸币的一角，不知是十元还是二十的。

"中午在家里吃饭，舅妈做几个好菜。"

"嗯……"

见杜明亮还站着，舅妈上前拉着他的左手轻轻一摁，杜明亮便坐在了沙发上。右手手指出了汗，纸币也变得光滑。

"哥，我是来给你这个的。"杜明亮把右手从口袋里掏了出来，右手汗津津的，在阳光下发着光。

"啥？"

四十元摊在右手手掌，杜明亮、表哥和舅妈都看见了。

"我把那本书弄丢了，你借给我的那本《成语大全》。"

一时间几人都没说话，几秒后，是舅妈先搭了话。

"嗨，哪用啊，钱赶紧收着，一本书而已，没事，没事啊。"

舅妈说着把那四十元一把攥在手里，往杜明亮的口袋里塞，只是她塞的是左边口袋。杜明亮心里一慌，舅妈的手在口袋里没停留太久，但为了让钱装得深一点，舅妈有意将手往口袋里按了按。她应该没有发现吧？其实几张五角一元的和几张十元二十的钞票叠在一起，哪有那么容易察觉出不同。可杜明亮觉得舅妈一定知道了。杜明亮看了一眼表哥，表哥依然嘴角上扬，保持着一个特定的角度，没点头，也没摇头，只是在笑。或许是在笑。杜明亮突然觉得，在舅妈这里和在母亲那里，表哥像是两个人。此时的表哥又成了个孩子，一个和他一样不能自己做决定的孩子。那四十元也许表哥想要，但他又不得不尊重母亲的决定。他不说话，不说真话也不说胡话。一个人不说话更显得成熟，像个大人。但杜明亮知道，表哥这些没说出口的话早晚会说出来的，他见证过，这件事一直压在他心里，没有对任何人说。

杜明亮离开表哥家，在去和李板约定地点的途中，左手一直插在口袋。这三个四十元越来越烫，或许也是手心出了汗的缘故。第一个四十元，是偷的，是表哥的梦话泄了密，而表哥或许已有察觉；第二个四十元，是衡量和李板这份友情的砝码；第三个四十元表哥没有收，退回后也没有像压岁钱一样交还，这早晚会被母亲得知。杜明亮的脚步越来越重，他想起那个黑影说过的话。我是杜明亮，我才是杜明亮。如果那个黑影能从梦里出来代替他该有多好。他和自己都是杜明亮，也许没有什么不同。

和李板碰面，买票，上车，都算顺利。两人坐第三排。在去往北墅监狱的路上，路边临时停了几次车，后来车上几乎坐满了。

　　李板往后面探头看了看，对杜明亮说："想不到去看杀人犯的还挺多。"

　　"不全是杀人犯吧。"

　　"听说有一个连环杀人魔也关在里面，一个月之内杀了四个人，手段特别残忍。"

　　杜明亮并不想再继续这个话题。

　　"你说，他们杀人的时候都在想些什么？"

　　"也许是会有那种内心特别阴暗的人存在吧。"

　　"有些人临刑前都不觉得自己有罪，他们就像是在这世上玩了一回一样。"

　　"就好像他们已经知道了死后会变成什么。"

　　"自己给自己托梦。"

　　李板断断续续地说，自言自语。

　　"梦话要是不能说，那该怎么办？"口袋里的钱已经湿漉漉的了。

　　"我也在想。"

　　"说了就破了，破了会怎么样？会死吗？"

　　李板看向杜明亮，随即抬起左手指了指窗外。

　　"你看。"

那是几栋暗黄色的建筑，像民房，突然出现在荒瘠的草地上。远远地看，围墙并不算高，似乎用力一跳便能翻过去。那就是北墅监狱了吗？关押十恶不赦杀人犯的地方。就是这样一个不起眼的地方？看上去那样脆弱。他们会逃出去吗？像那个黑影一样，逃出去，逃进某个人的梦里，然后告诉那个做梦的人他就是他自己。

足够近了，已经可以看到门牌上那四个暗淡的大字，"北墅监狱"。杜明亮忽然想起把蝌蚪丢进枯井的那个下午。青蛙也好，癞蛤蟆也好，生长在小溪还是枯井都不该由他来决定。此刻，杜明亮有一个猜想，也许那个名叫杜明亮的黑影一直就在他心里暗暗生长着。它根本不是从外面逃出来又钻进他心里去的。它一直就在那里，一个只有杜明亮自己知道的地方。

"我就是杜明亮。"

"你说什么？"李板看向窗外的视线重新收回到杜明亮的脸上。

左手从口袋里逃出来，缓缓伸展开，像浮出水面后做了一个救命的深呼吸。其实，杜明亮从一开始就知道，他们进不去那所监狱，坐车过去也只是白费工夫。但他还是和李板一同去了。他忽然想起那个多次出现过的成语。牢房是谁画的，不知道，或许也不重要，重要的是遇见这个成语的人此刻是在牢房里还是牢房外。有时不过一线之隔。

李板看着杜明亮，笑了一声。

"又说胡话了吧。"

汽车滴滴按了两下喇叭，是到站下车的提示。

"我们到了。"李板站起身。

杜明亮仍在看向窗外，窗户上落了一滴。是雨吗？还是苹果汁？一滴，两滴，断断续续地越落越多……下雨了。不知那口枯井还能否变得丰盈，也许藏在床底下的那本《成语大全》会随雨水一起浮出井口。

燃烧，燃烧
眼前所见只有被彻底烧光
才能够还原回本来的样子。

或许这种缠绕在两个寂寞中年人身上的东西，
正是某种隐秘的还原剂。

氧化还原

1

　　站在外围，太阳好像落得要慢一些。孙凯把几个名字在嘴里嚼了一遍，周兴伟卢岩彭果何凯旋，然后抿一口浓茶，这些名字就奇迹般开始消解了。

　　"慢点儿，你再说一遍。"孙凯指着我的鼻尖，要我重复一次刚才的话。

　　"周兴伟卢岩彭果……"

　　孙凯右手握成拳头捶了下桌子，说："不是，之前那句。"

　　"有什么不对的吗？"我愣了愣。

　　……

　　"没有。"

　　孙凯欲言又止，用一根手指的中端骨节嗒嗒地敲击桌面，那是他思考时常有的动作。笔录继续，换另一位审讯员，两分钟，无关痛痒的三个问题，草草结束。

　　孙凯还是将我送到了公安局门口，本以为他会说几句慰问的话，毕竟死者是我的二姑。相比中学时的暴躁狂妄，孙凯如今倒是收敛了不少锋芒。在太阳光下他显出几分沧桑，我也不比他好，只是脸上的褶皱和胡青谁比谁稍多一点的区别。

"还在那儿吗？"

我想孙凯指的是我化肥厂的工作，四年中学期间我俩做了三年"死党"，默契还有所保留。如果不是因为那件事，也许见面时我们还能用力地拥抱一下。

"嗯。"我回应。

"闻出来了。"孙凯皱了皱鼻头，咳了一声，朝路旁的绿化带吐了一口唾沫，便转身朝公安局大门走去。

看得出来，孙凯依然耿耿于怀，我似乎该庆幸孙凯的那口唾沫没有吐在我脸上。如果不是因为二姑在这个不见雪的冬天烧炭自杀，不是因为我那天恰好受母亲之托去给二姑退还梯子，不是因为孙凯在两个月前被调到了刑侦支队，那么我和孙凯也许再不会有半点交集。

第二天一早，我接到一个陌生电话，对方说是刑侦支队的，让我立刻去犯罪现场。"犯罪现场"，我听清了对方的用词。跟老板软磨硬泡请了半天假，我跨上那辆破旧的二手电动车。还没骑出门，突然想起昨天孙凯脸上那不加掩饰的鄙夷，于是临时决定打车去。

2

　　犯罪现场。这四个字不是第一回出现在我的生活里。十二年前，警方在产芝水库上用黄色浮标划定了一个并不算大的范围。那十几个黄色浮标悠悠晃晃，圈住了前天傍晚我们浮水的地方。孙凯没有来，我们都不知道他去了哪里。杨平先一步下了水，他水性好，不到一分钟便游到深水区，只剩下一颗黑色的脑袋浮在水面。当时还有一个人，孙凯那个小我们两岁的弟弟，孙宇。我和他曾见过几面，在游戏厅。孙宇通常戴着一顶黑色棒球帽，尽可能压低的帽檐，看不清楚的半张脸。当警方用了十二个小时终于从黄色浮漂圈打捞起孙宇被泡得浮肿的身体时，我才终于彻底看清，那张脸的五官跟孙凯很像，桀骜不驯又透着一股英气。我和杨平接受完警方的审讯后便各自回了家，不通电话，甚至在回家的几百米同行路上我们都默不作声。我不是在为孙宇的死哀悼，我相信杨平也是。见到那张脸的时候，我清楚地看到了杨平那不自觉颤抖的手臂，伴随那惊慌失措的颤抖，我的脑中一片空白。在某一时刻，我们达成默契，认定只要什么都不说，这件事终将淡去，就像自然脱落的墙皮，一点一点被风一吹就稀碎。

　　那天傍晚，母亲难得做了红烧鲤鱼，可谁知道第一口我便被一根不知从哪儿冒出来的鱼刺卡住了喉咙。父亲拍我的后背，母亲从厨房里拿来了醋。我用力咳嗽，眼泪就这样流了出来。酸涩的醋生生灌进喉咙，烧得难受，我的眼泪越流越多。父亲和母亲一定认为那些眼泪是因鱼刺而流，是的，但还有一些别的混杂其中，伪装至深。我也像那些不为人知的眼泪一样生活至今，这是我从中学到的处事方式，如果要归结于那根鱼刺也未尝不可。都是那根鱼刺戳破了我的喉咙，刺激了我的泪腺。

我让司机师傅尽可能开到二姑家门口，一眼看见孙凯就站在堂屋前。结了账，下车时我有意将车门用力一摔。那一声惊动了司机师傅，也引起了孙凯的注意。司机师傅骂了一句，声音被密闭的车窗阻隔，余音所剩无几，我头也不回地跨进了大铁门。院子里除了孙凯，还有一个看上去年纪很轻的人。他如同迎接宾客般热络地迎上我："邹峰是吧？"我点头称是。"您在这儿稍等一下，待会儿有些事需要您配合调查。"

年轻人走进堂屋后，院子里只剩下我和孙凯。我们眼神交会，不打招呼，并排站在屋前。大概过了一分钟，年轻人从堂屋里探出头，问我们："不进去吗？外面冷。"我和孙凯谁都没动。二月过半，风里藏的刀子变钝，即使这样也让眼睛干疼，嘴唇皲裂。

"你打算一直这样？"孙凯发了话。

"什么？"

"那天你就在岸上。"

"该说的我都说了。"

"他妈的……"孙凯一抄右脚，扬起一片飞土。

3

颅骨中部受击，凶器据推测为锤形铁器。二姑的直接死因并不是一氧化碳中毒。那烧炭是怎么回事？冬天取暖，还是凶手拙劣的障眼法？现在，我站在堂屋和里屋的交接处，看着那张被各种我叫不出名字的器具占领的冷冰冰的土炕。我退回堂屋门口，用脚踩了一下泥地，说："那天我放下梯子就走了，就在这儿站了站，不到两分钟。""对，当时她来接的我，我们说了什么？没说什么，就是一些家常的客套话。""别的什么人？没有，只有她自己在家。""我怎么知道？什么意思？你是说我二姑家藏了人？""我是说二姑老头死后一直都是自己过。听说，我是听说。"

没有一儿半女的二姑死在了这个还算温柔的冬末春初。那把梯子存放在二姑家的小仓房。两天后，我因工作与客户应酬至接近晚上十点，酒局一散，送走客户后我找了一棵相对瘦小的树，朝着树根用食指抠喉咙催吐。哗啦哗啦吐了一地，胃里舒坦了。我扶着车把手，跨上车座前一直沉浸在这种不值一提的慈悲里。我对那棵树说："你要快快长大。"那堆呕吐物消融在依然冰凉的泥土里，我的心却也舒坦了些。晃晃悠悠，慢速前进，电动车的车灯坏了，隔一两秒明灭一下，眼前的路和两旁的树影便一时清晰一时模糊。"拍鬼片啊！"我叫了一声。酒劲儿没有散尽，身体热倒也不觉得害怕。骑了不远，车灯彻底坏了，路灯光线惨淡，胃里突然翻滚起来。我赶紧停下车，随意找了棵树，趴了好一会儿却什么都吐出不来。好了，起身，这才发现骑到了二姑家门前的小路上。

朝院里望去，漆黑一片。就在我准备重新上路时，我瞥见了那束晃动在二姑家院子深处的光。短短一束，更像是一个被脚印碾长的光点，它在地上、墙上来来回回，然后落在了那架梯子上。明明昏暗一片，冥冥中我却觉得那光点定住几秒又灭掉的地方就是梯子所在，那把我送回二姑家的梯子。摩擦声，巨大的老鼠过街串巷，酒顿时醒了，脚步加快，推着电动车隐蔽在一棵更粗的树后。不知是眼神清澈了还是灯光明亮了，总之，我看到了他将梯子从铁门下面推出，然后又稍显费力地翻过铁门。那铁门在他面前形同虚设，唯一的作用或许就是给二姑一些安全的心理暗示。他扛着梯子尽可能快地跑动，掠过路灯正下方的那一秒，我看清了那个我本就看清过的身影。

回到家，我躺在床上，头蒙着被子，告诉自己那只是一个身影，证明不了什么。小偷，对，小偷，一个放着更值钱的东西不偷，偏偏要偷那"骨质疏松"梯子的笨贼。矛盾，闷在脑袋里，隔着一层棉，是有效的解酒药。

4

中学时代，二中流传着一个不成文的约定，在闫老师的课上一律不能放屁。不能偷偷放，尤其不能在闫老师点燃酒精灯后放屁。因为屁里含有百分之七左右的甲烷，大家怕万一碰上明火会引发酒精灯爆炸。当然，这有悖于科学原理，但当时包括我在内的很大一部分同学当真这么认为。O_2 是氧化剂，CH_4 是还原剂。CH_4 中 C 为 -4 价，反应后 CO_2 中 C 为 $+4$ 价。首先是燃烧。明亮的、可见的、剧烈的，才是燃烧。闫老师的话如在耳畔。他的话增强了我们对那些花花绿绿的液体、气体和固体的好奇，好奇延伸为恐惧的那一天，孙凯在我耳边说了一句话。孙凯说："既然可以氧化还原，那把人的舌头割下来烧掉也能复原呗。"我无法跟孙凯解释这一化学原理的实质，我只是问他为什么要割下别人的舌头。孙凯又趴在我的耳边说了一句："我放了一个屁，你不知道吧，你们都不知道。"闫老师在讲台上点燃酒精灯，酒精灯绝不能用嘴吹灭，灯帽在一个我看不见的地方，所以带有气味的危险正为一场预谋造势。

两天后，我知道了孙凯打算割下谁的舌头。胡文迪，隔壁班一个尖嘴猴腮的瘦弱男生。那天午休时，我拉肚子，握着一卷纸蹲在厕所最里面汗如雨下。沿着下巴滴落在地的汗终于积累到可以流进那个坑洞的程度时，我听到了两个男生的对话。

炎热的六月末，聒噪的蝉鸣，只听得见大概。他们提到了酒精灯。

孙凯要割下胡文迪舌头的消息不胫而走，我说："不是我说的，我发誓。"并把右手的食指、中指和无名指举在半空。"是你说的也没事。"孙凯往嘴巴里吸溜进一根辣条，跟在他后面的除了我还有另外七八个男生。两秒后，孙凯一拍大腿，将辣条往旁边一扔，有人眼疾手快一把攥住，几人野狗分食般争抢起来。孙凯让我跟他走。

实际上，那天下午我们逃掉的那节化学课上，闫老师没有点起他的酒精灯。同桌告诉我，闫老师用镊子夹着一块镁条，左右寻找，问他的灯呢。同学们捂嘴偷笑，我们最终没能见到镁的氧化还原反应。我和孙凯抵达网吧，他问坐在前台神情萎靡的那个叫小五的年轻男孩："我弟弟呢？"小五缓慢地眨了眨眼，慢吞吞地吐出三个字："不知道。"孙凯扭头问我："有钱吗？"我掏了掏口袋，零零碎碎一块五毛。天黑得很晚，我们闻到那片水域的腥气的时候，还可以看清孙凯肚子上那颗绿豆大小的痣。离水库还有一段距离，孙凯便脱掉了校服上衣。走着走着，连裤子也脱了，只留一条内裤。孙凯说今天必须教会我游泳。他拽着我的手往水库里冲。我说我还没脱衣服。孙凯不管不顾，直到我扑腾着浑身湿透，大骂孙凯，他才松开了手。我说我不学，就是淹死我也不学！我知道孙凯为什么一定要教会我游泳。那天，父亲义无反顾回头去救隔壁二唐叔家的女儿，再也没有回来；二唐叔家的女儿哭哭啼啼瘫在地上，父亲没有回来；二唐婶用身体遮挡她女儿纱织衣物下若隐若现的前胸，父亲没有回来。洪水还未消歇，听着那无比混乱的哭声、喊声，我明白了，无论如何，我都绝不能像父亲那样活着。逃回岸边，盯着孙凯那越游越远的背影，我甚至想，不如让他突然脚趾抽筋，就这样淹死好了。

5

当时，二姑在小仓房里找梯子。实际上，那并不是一把折叠梯，而是用竹竿制成的老式梯子，本该十分显眼。二姑斩钉截铁地说有，等我去找。翻找时腾起的灰尘也因寒冷而滞缓。几分钟后，我说："二姑，实在找不到就算了吧。"向来热心的二姑自然不肯就此罢休。她让我下午过·会儿再来，说肯定就放在这儿，怎么就藏起来了。二姑挠了挠头，手指被冻得通红。

从二姑家走后，我并没有直接回家，而是在附近的一间小商店找老同学喝茶取暖。喝完第一杯茶，我抬头朝外张望，恰好看见了二姑那身紫红色的棉袄，在这萧瑟的冬天尤为扎眼。还有一个男人，扛着一把梯子跟在二姑身后。我问老同学认不认得那个男人。老同学一眯眼，摇摇头，又给我添了一杯。村子不大，生面孔屈指可数，我认不得他并不奇怪。只是二姑扭过头回身朝那男人发出的笑意，是我从未在母亲脸上见过的。父亲去世后的十五年时间里，母亲的脸像蜡一样开始迅速燃烧、熔化。有时我会想，男人和女人是不是谁都离不开对方。母亲偶尔暗示我，以后这个家我该顶起来了。但这不一样，我和父亲不一样。当看到扛梯子的男人那被梯架遮挡的半张脸上回应的笑意时，我突然意识到，或许这种缠绕在两个寂寞中年人身上的东西，正是某种隐秘的还原剂。

如果当时我没有驻留商店而是直接回家，或许在我的设想中，二姑和那个男人不久后会实现电子得失的平衡，完成他们的氧化还原反应。半小时后，我重回二姑家，梯子就靠着墙摆放在堂屋前。二姑脸上依然挂着笑意，但那更像是机械的肌肉反应。将梯子扛回家，母亲让我先放在院子里。十几分钟后，我在房间里听见嗒嗒的声音。母亲上了屋顶。我朝着半空喊了一句"我有应酬，晚上别等我吃饭了"，便径直走出了院门。母亲在屋顶干什么？她一定不是为了找到观看流星雨的最佳位置。

新闻上说，流星雨将在今晚十点四十一分左右降临。应酬在九点半结束，回到家，十点二十分。看见梯子仍放在那儿，我突然心血来潮，颤颤悠悠扒着梯子朝上迈了两步。母亲在里屋喊我，让我别动，明天她再修。修什么？母亲似乎曾对我提起过。我没理睬，继续往上迈。与嗒嗒声相比，此刻梯子发出的多是摇摇欲坠的嘎吱声。母亲的健步如飞是怎么做到的？那天晚上乌云密布，流星雨并没有出现。头顶的灯渐渐聚集了越来越多的小飞虫，这些弱小的生物身上竟也涌荡着不可一世的勇敢。有一只、两只扑到我的脸上，一巴掌没扇到，第二次打死了一只，一吹，尸体掉进黑暗里，看不见了。这一巴掌拍在我的脸上，拍在那只无畏的飞虫身上，或许总有一天也会轮到母亲……

6

　　孙凯要割掉胡文迪的舌头，胡文迪在密谋反击计划。两个传言正甚嚣尘上，两人正式冲突的那天，有人跟我说闫老师又有了一个新的酒精灯，意思是我们将重新陷进曾经的忧惧。下午第三节课课间活动的时候，这个人又跑来跟我说孙凯被烧了头发。他气喘吁吁地补充道："胡文迪把点燃的酒精灯摔在了孙凯的头上。"

　　那个夏天，总有一些漫长到必须用逗号断开的句子。孙凯住了院，脑袋缝了八针，胡文迪被学校开除。星期六我乘大巴去县医院看望孙凯的时候，在病房里除了见到精神矍铄的孙凯，还见到了孙宇。孙宇见我来，不吭声走出了病房。并不算开阔的病房里除了孙凯还有三床病人，看包扎情况都比孙凯严重。孙凯见我，笑了笑，然后突然龇牙咧嘴，一脸痛苦。我问他怎么了，要不要叫医生，孙凯又突然回归正常。"逗你玩呢"，他说。

　　"没人照顾你吗。"

"不是有俺弟吗。"

"你爸妈呢？"

"厂子忙得很。"

"……你没事招惹胡文迪干吗？"

"不是他妈的我招惹他，是俺弟。"

"孙宇？你别惹了事就赖你弟身上。"

"滚蛋！"

那天，我和孙凯斗了几句嘴，从去向不明的胡文迪聊到了闫老师丢失的酒精灯。孙凯撇了撇嘴，说："现在，我可以证明人的脑袋没有玻璃结实。"他让我帮他写一篇两千字的检讨。学校领导考虑到孙凯受害者的身份，又无法回避他还手令胡文迪鼻青脸肿的事实，于是让孙凯在回到学校后交一份检讨书。我说："好，我帮你写，但我需要知道事情的来龙去脉。"当然，检讨书上我并没有如实呈现孙凯在接下来的几分钟里跟我说的话。东拼西凑的两千字，我制造了无奈、惭愧和羞耻，而回避了这件事的实质。

孙凯说："孙宇跟胡文迪打了个赌。"

7

二姑的死亡并没有改变这座村子的稳定。总有人要死，早死晚死，自杀或者被杀，对村子里的大多数来说并不会直接影响生活现状。我见到二姑隔壁邻居的时候，她正抱着两颗大白菜从地窖走出来。打了招呼，我说我家今晚不吃饺子。"这是为什么呢？"她脱口而出一句当年春晚的流行台词。我打了个冷战，可是阳光那么灿烂。我心想，看，这就是一些人的生活方式，不说是逃避还是抵抗，他们似乎可以活得跟这阳光一样。

村子里没有监控，只有眼球。警方在二姑家并没有找到跟致命伤口吻合的锤子，除了二姑自己的；也没有其他可供作为证据的完整指纹。我知道，这桩案件迟早会被警方搁置，就像当年孙宇的溺亡，最后都会被一把火烧光。

晚上到家，母亲从厨房端出一盘饺子。"你二姑的葬礼在后天举行，村委会主持。"母亲吃了一口饺子，说出这句话像是打了个嗝，挥挥手，就散了。"警察猜测二姑是被人杀的。"我说。饺子是白菜猪肉馅的，咬一口，油从唇齿间渗入喉咙。不合时宜的话。母亲"嗯"了一声，开始咀嚼，上下唇碰触发出的啪唧声让我渐渐烦闷。为什么在父亲死后，她永远可以冷静接受生活中所有的破碎。我痛恨她的坦然。当我决定对母亲说出这句话的时候，其实我并没有做好准备，甚至下一秒我就已经开始后悔。我说："我好像知道是谁杀了二姑。"母亲咽下嘴巴里的东西，看了我一眼："别瞎说。"现在，她切切实实打了个嗝，响亮，悠长，像个警哨，面对所有可能破坏生活现状的危险。

自从上次孙凯的捂鼻反应后，我总会在下班后闻一下自己身上的味道。有时的确会有一股臭鸡蛋的气味，这股气味让我无法在很多场合隐匿。这天晚上，我刚走进老同学的商店，他便一拍桌子说："尿素！"我没应声。老同学掏出几包鸡爪，起开两瓶啤酒，问我："咋了这是？"啤酒的气泡发出扑突扑突的声音，老同学突然想起什么的样子，跟我说昨天下午他见到了当时我指给他看的那个男人。我说你确定吗？他点点头："应该是，走起来有点儿瘸。""你在哪儿见到他的？"我问。"突然来劲儿了，你认识啊？"我摇摇头，让他继续说。"他来我这儿买烟。"老同学停了停，又补充，"我确确实实没见过他，嗯……背着个很大的包，像是要出远门，不过，我听人提过一嘴，那人似乎是个管道工。"管道，管道，锤形铁器，我似乎突然意识到了什么，但大脑皮层又像在剧烈收缩，要把脑海深处焕发的记忆重新挤压回去。没再继续追问下去，我起身要走。"啤酒还没喝呢！"老同学喊了一声。我摆摆手说："下回再喝。"然后推门而出，跨上电动车，驶向那片更黑的地方。

8

　　孙凯告诉我，孙宇跟胡文迪打了个赌，内容是谁能先偷到闫老师的酒精灯，赌注是输的人要承包对方一周的网费。孙宇输了。那天晚上兄弟俩的父亲把两人叫到客厅，让他们并排站好，折一根藤条毫不留情地依次抡在兄弟俩的手心。一人挨了二十余下，母亲在一旁哭，央求停手。孙凯说是他偷的，于是接下来的二十下全部重重落在了孙凯的手上、胳膊上。"孙宇究竟偷了多少钱？"我问。孙凯说他不知道。"没问问你弟？"孙凯摇摇头。从那一刻开始，面前这个桀骜不驯的男孩身上突然有了一些陌生的意味。说他是勇敢还是愚蠢，我更倾向后者。"那胡文迪为什么找上你？"孙凯将身体往后仰了仰，伸了个懒腰说："是俺弟去找的他。""为了把偷的钱要回来？"孙凯说是。他们明明有更安全的处理方式。愚蠢，真是愚蠢透顶！我暗自骂道。"我知道那小子会来找我，谁知道他娘的藏着个'手雷'。"孙凯看向窗外，窗外似乎什么都没有，但他足足目不转睛地盯了足有一分钟。在孙凯说他想吃辣条的时候，我还是把上下浮动在喉咙的话咽了下去。接过孙凯给我的一元硬币，头也不回地逃了出去。我本可以告诉他，那天下午我在学校公厕里听见了胡文迪他们的对话。我本可以将这件事告诉闫老师，揭发胡文迪的罪行。我本可以阻止孙凯变成头破血流的模样。后来我想，这件事迟早会发生，不是通过酒精灯，也会通过其他东西。我无法阻止，只有躲得远远的，如同一个月以后那个沉默的下午。

9

　　杨平游回岸边，光溜溜的上身在太阳下发光，他问我现在几点了。我说我不知道。"孙凯确定不来了？"杨平捋了捋寸发，水雾就跃然而起，太阳毒烈到它们还未落地似乎就悉数蒸发。我"嗯"了一句，下半句被杨平拦腰截断。"我走了！"响亮的一声，他便拎着汗衫和短裤奔跑起来。

　　不想回家，找了水库边一棵枝叶丰茂的树，在树荫下坐着，不远处隐约有野鸭的叫声。水面泛着淡白色的薄雾，揉揉眼再看，薄雾又消失了，只有头顶喧嚷的蝉鸣。心底的恨意随着那不绝的噪声又翻腾起来，我想起死去的父亲。随着时间过去，对他的回想里有关伤痛和眼泪的部分日益减少，甚至，我认为父亲的死使我、使母亲、使我们整个家庭陷入了一种无力逃脱的困境。他救出的那个女孩除了几声感谢，又能为我们目前的生活做什么呢？反倒是父亲，被洪水吞噬后长眠，一劳永逸地撒手人寰。母亲至今没有再嫁，她只是时常望着摆放在电视机旁的那张父亲的照片。我从那父亲的阴影里学会了与他的所为背道而驰的东西，活着，自我保全，不多言，不涉足。

　　孙宇是什么时候来的坦白说我并不知道。被热醒后，浑身上下像是被汗洗过，晕晕沉沉起身，背手扫去后背上的沙石。不知道睡了多久。望向水库的时候，我看见了那颗露出水面的黑球，黑球一时浮出水面，一时又沉下，接连几次后，黑球转了过来。一张人脸，面容看不鲜明，我喊了一声："杨平！"我以为是杨平又回来了。张开嘴巴，嗓子又干又痛，发不出声。

孙凯曾跟我说，那天下午我没有和杨平一起离开水库，所以我很有可能看见孙宇了。孙凯的目光灼热，他期待我说出点什么，用来印证那已经无法挽回的死亡。我什么都没说，我说我很早就走了，根本没看见孙宇。我没有说谎，当时日光曝晒的水面波光粼粼，晃了眼，我的的确确没有看见孙宇。波光再一闪，水面上的黑球消失了，翻涌几下水花，重回平静。

10

我想起被鱼刺卡住喉咙的疼痛，相比之下，对孙宇的死只字不提并没有更容易消受。骑行速度要比以往更快，抵达后，我把电动车停在路边，走到二姑家门前。打开手机闪光灯照了照院子，墙上一道窄细黑影飞快掠过，像是壁虎。这一刻，我竟然希望在这个院子里发现点什么。突然，背后灯光一闪，我回头时，远光又调回近光，一辆蓝色轿车停下。从车上下来的人竟是孙凯。

站在原地或许是当下的最佳选择。孙凯走近，朝二姑家院门里望了望，问我："这么晚来这儿干吗？"我说经过，下来看一眼。孙凯的眼神停在我脸上足足三秒，他说，他们查到了犯罪嫌疑人的血迹，从我二姑的嘴里。顿时，我的脑袋嗡了一声，如同犯下那昭然若揭罪行的人就是我。我说那太好了，半秒后，我又解释说："能找到嫌犯太好了。""可是现场没有找到凶器，锤子，锤子……"孙凯说。"我得回家了。"我说。没等孙凯回应，我便往电动车走去。

"我当然知道，无论说什么，人死了都不能再活过来……"

我停住了脚，没有回身。

"可是，可是……他才十二岁。"

我隐约闻到了一种异样的气味，或许是我身上的，或许不是。

"你还真是个好哥哥。"

"什么？"

我回过身问："因为孙宇，你没少挨你爸的揍，你难道不恨他吗？"

四秒，五秒……我和孙凯的对视，让我想起多年前孙凯与胡文迪的过节，这一切都要怪当初的那个酒精灯没能在孙凯的头顶彻底地燃烧。活着的人永远都离不开死者的阴影。燃烧，燃烧，眼前所见只有被彻底烧光才能够还原回本来的样子。我这样想着，多年来这个念头从未像这一刻这么强烈。从废纸堆开始，沿着窗帘，烧热冰冷的土炕，一片火红，再到撒着碎纸屑的泥地，脚下也开始温暖起来。

"我当然恨他，我恨他！我恨他……"

孙凯的脸低着，看不清神色。空气中酝酿着的化学反应的气息开始交汇，会发生什么，明亮的火花，白色气体，还是一场姗姗来迟的爆炸……

"你还记得在公安局里你的那句话吗？"

"什么？"

"第二次问你的。"

我摇摇头，但这个动作孙凯似乎并没有察觉。

"你说，这些人跟她其实没什么关系……那几个人名，从嘴里一下就过去了，那么快就过去了。"

孙凯哭了。呜呜咽咽的声音闷在喉咙里，他努力不让自己太难堪。我忽然想起他透过纱布躺在病床上的样子。相比那时，眼前的孙凯脆弱得像一张纸。光是站着，就已经摇摇晃晃。

这个夜晚，火没有烧起来，爆炸也没有发生。

有些话藏在心底多年并不是因为我怕孙凯不能原谅我，而是自己无法迈过心里的那道坎，即便死亡并不是因我而起。这巨大的夜色，笼罩了整个村子、这片土地，或许这正是那些死去的人为活着的人营造的温柔。身上依然带着没完全消散的化学肥料的气味，混杂着清冷的风从身后吹来，即便如此，我还是朝前迈了一步。

也许真正的答案

本就不必去猜。

那浓烟越滚越高，眼看要冲破天幕。
临走前，男子望着那黑烟，自顾自说道，
那也是一条路啊。

猜 纸

　　找她还算容易。经人介绍，在清晨五点搭首班摆渡车，越过遍布着黑黄斑点的泥路，蝉鸣聒噪，汗流如雨，七月的车厢内也不消闲。赢元下车后才看清那些黑黄斑点竟全是蝗虫的尸体，它们就这样一声不响地躺在路上，有些已经成了烂泥。

　　"老鸦，对，老鸦。"

　　"沿着那条路一直走。"

　　赢元再回头，刚才扛着背篓的大叔已经走出很远，他本想追问一句那里是不是根本没有路，此刻只能咽回肚子。蹚过去，茅草割着赢元裸露的小腿，他朝人叔指的方向走，走了五分钟，便失去了方向，困在一片破毁的绿野里。猜猜看。一个声音在赢元脑中响起。凭借着心中那可有可无的信念，赢元在层层浮云中寻找太阳，而后在空气中画了一道笔直的线，仿佛这线是某种神启。

　　最开始那人跟赢元说起老鸦时，赢元其实也有所耳闻，只是他不相信一个曾两中体彩二等奖的女人，如今竟住在这样一个破落的村子。他想，自己无论如何也要从老鸦口中撬出一星半点关于彩票的神机，甚至，一组头奖的数字组合。早些年，他曾花重金找人从澳门求得一本《博彩秘籍》，可那对于赢元来说却更像是一本难懂的天书。后来，他找人算命，从之前的杨康改了名姓，取名赢元，祈求多金多福。碰巧的是，在他改名后的一周内，买的一张彩票果真中了奖，三等，两千块。赢元拿着奖金再去找那算命的老头，老头给他支了个招——碰一个阴雨的周末，上午十点一刻，便是赢元的奖时。赢元心中暗喜，给老头的红包里又加塞了两百块。半个月后，他终于等到了这一时刻。最开始，福彩、体彩、双色球、大乐透各买了一注。走出门没多远，他便想到这是属于他的千载难逢的奖时，何不趁此时机把大奖小奖一网打尽。于是便掏光了腰包，把每组脑中率先出现的数字各投了十倍，赢元攥着塞满彩票的布袋，心满意足地回了家。当然，倾尽腰囊换来的只是一桶洗衣液的末等奖，那算命老头是个骗子。在赢元怒气冲冲地再回老地方找他时，老头早已卷了铺盖不见踪迹。也是从那时开始，赢元辞了职，近乎中了邪般每天闷在房里钻研所谓的算式。吃饭的时候，排泄的时候，甚至在跟妻子做爱的时候，嘴里都念念有词。有一天赢元脑中突然灵光一闪，一组数字浮现在他眼前，他攥着写有那组数字的字条冲进福彩中心。这天，福彩中心新上了赌马的项目，赢元冥冥中觉得这似乎就是为他准备的，老天开了眼，要为他指明一条致富之路。赢元用从妻子钱包里偷来的四百八十块钱下了注。标号05和09的马包揽了倒数一二名，赢元盯着屏幕上的结果，手一下松开了，票据缓缓飘落，成了废纸。回到家后，赢元发现妻子坐在梳妆台前，后背在微微颤抖，她在哭。妻子转过头问赢元可以收手了吗？赢元一句话没说，把自己关进了卫生间。等到赢元从卫生间走出来的时候，妻子不知何时已经离开了，房间里所有关于她的东西似乎都还在，但赢元却觉得妻子再也不会回来了，如同那些作废的彩票。

想起这些，赢元忽然看到了一条路，那条路在温暾的太阳下隐隐闪烁。于是他沿着那条路走，越走越快，几度以为自己要飞起来了。光路的尽头果真出现了一座木屋，那木屋孤零零地伫立在一片长长的荒草地里，似乎赶上风雨天随时都可能塌毁。远处黑黝黝的山岗在蠕动，在爬行，像从筐子里放出来的半死不活的虾。赢元上前敲门，无人应答。也许是自己找错了，这其实是一座无人居住的荒屋。木屋的窗上糊着一层灰黑色的物质，从外界根本无法探清屋内的情况。赢元随手一推，门开了，随之传来一股浓烈的味道，像是药草伴着粪水的气味。屋内一盏微弱的灯，岌岌挂在梁上，除了一张床、一把椅子，似乎再没什么像样的家具。那床上正侧卧着一个女人，赢元看到了，女人也看到了这个陌生的男人。她缓缓问道，能不能帮她熬一碗药。赢元怔住了，他问那女人是不是老鸹。女人突然猛烈咳嗽起来，阵势像是能把肺腑全都咳出来一样。十几秒后，咳嗽声渐渐消散，头顶昏暗的灯明灭了一下。赢元又问了一遍。

女人只是侧卧着在阴影里，除了那高起的轮廓，神情丝毫看不分明。

"妈的，说话！"嬴元转身要走。

"能不能……帮我熬一碗药。"女人那细弱而幽浮的声音渗透在空气里，使本就恶臭难闻的空气更加令人作呕。

嬴元认定女人是默许了，但他仍然好奇这个赢得大奖的女人经历了什么，才会沦落到如今这步田地。也许是为了治病，很有可能，他想，若是要从这垂死的女人口中撬得神机，必然要让她对自己充分信任或者稍有感动。草药散在黄色布袋上，布袋躺在黢黑的泥地上，环顾四周，没有煤气，甚至连炉子都没有。嬴元刚想问女人，却发现女人像是睡了，发出粗沉的鼾声。嬴元心里憋着一股气，只好将那草药小心揣起。在屋外绕了一圈，除了及腰的茅草和长势凶猛的荆棘，再无其他。烧草吧，再劈些荆棘，兴许能把药熬熟。但该死的，屋内能作为工具的只有一把弩钝的剪刀。徒手拔草，不过十分钟，嬴元的手心便磨起了泡。拔起的荒草目测最多够烧三分钟，他便把衬衫脱了下来，用剪刀剪成两半，卷在手上，效率高了不少。再是荆棘，剪刀剪在上面更像是用那锈蚀的刀面摩擦，嬴元拧动剪刀，手碰到荆棘上的刺出了血，咬咬牙，继续。好在荆棘抗烧，将近四十分钟后，嬴元总算备好了烧火的材料，而他两只手上的血早已经把那白色衬衫染红。屋内只有一个破了口的瓷碗。没有锅可熬不成药。嬴元不得不找一条通往村子的路，跟村民借一个砂锅。

"你是老鸦吧？没错吧？"

赢元往前挪动，离床边只剩半米的时候，那女人突然睁开了眼睛，她的眼神包含着一种说不清的意味，但却令赢元隐隐感到某种震慑。赢元心领神会般点了点头，退出了木屋。他站在那里，祈求那条光路重新出现，但没有，风拂过荒草吹起了响哨，赢元明白了，这是声路。赢元便跟随那声音蹚过荒草，走了一会儿，声音停了，他便也停下，等声音重新响起，他也继续前进。似乎快要中午了，太阳升得很高，赤裸上身的赢元已经汗流浃背。就这样走了半个小时，赢元总算看见了一缕升腾的白烟，接着村子便出现在那道似乎漫无尽头的草线之下。

接连问了几家，都说没有砂锅，终于有一家点了头，却说信不过赢元，让他留下一百块押金。赢元那仅剩的五百块钱原是打算送给老鸦的，现在他只好从口袋里抽出一张红票子，换得了砂锅。临走前，赢元有意向那男子打探了一下山腰处的木屋里住的是不是老鸦。

男子却笑了笑，问赢元："你也是彩民？"

赢元不知该做何回答。男子却突然拍了赢元肩头一下说："我也是！"

没等赢元回应，男子又问："老鸦还活着呢？"

赢元只是点点头。男子像是自顾自般说："不容易啊，被人下了毒……哦，不好意思，耽误你了。"

"等等，你说被人下了毒？"

男子挠着后脑勺笑了笑："乱说的，乱说的。"

赢元看着男子若有掩饰的眼神，本想追问，男子却一转身，遁入了门后。

回去的路上，好在是有被碾过的草痕，赢元捧着砂锅，一路小跑，回了木屋。鼻子依然没有适应那股异样的气味，赢元接连打了几个喷嚏，床上的女人并未被惊吓丝毫，仍然一动不动地侧卧着。赢元明白，女人在喝下药的那刻前是绝不会松口的，于是他从屋外的土井里打了一碗水，在木屋的角落里架起了砂锅。辞职前，赢元在一所乡镇小学管后勤，烧火熬药对他来说并不是一件难事。火苗很快燃起来了，荒草即将燃尽，赢元开始往上面放折断的荆棘条。荆棘过火发出噼里啪啦的爆炸声，植物里的油性物质弹触锅底，奏出低沉的鼓点。火光映亮了灰暗的空间，赢元此刻倒觉得这座破旧的木屋有了几分温馨之意。借着火光，他能够看见女人的脸。也许有四十多岁，或者五十多岁，那算不得一张苍老的脸。赢元想起那男子的话，老鸹被人下了毒，被何人？又是因为什么？他揣着这些疑问，端详着那张神色痛苦的脸，企图在上面找到答案。此时，赢元笑了，他在笑自己为什么会在意这个答案，只要能从老鸹口中得到自己想要的不就好了。被煎熬的草药渐渐散发出浑浊的苦香，如同致幻的迷药，赢元的意识开始涣散。他想起了一些事，一些久远到即将被遗忘的事。

六年前，三十岁的赢元尚未改名。那天傍晚，他偶然发现几个后勤的同事正盘踞在他们平时午睡用的土炕上，围成了一个圈，热火朝天地讨论着什么。他被他们吸引过去，但只是不吭声站在一旁。他看见几个骰子在一个碗里转动，最终落定，然后那个每天省吃俭用，从东北南下务工的青年王宝便兴高采烈地收下了台面上所有的纸钱。几番下来，大部分钱都进了这个王宝的口袋。后来是后勤的副管挥了挥手，懊丧地让大伙散了场。赢元看着王宝龇牙咧嘴地快速收拢他面前的纸钱，那一刻他忽然有一种感觉，王宝要走了，他要离开这个又穷又破的地方了。他会买一身漂亮的衣服，怀抱好几个女人，跟她们暗无天日地睡觉。过了一周，又一周，王宝依然没有离开，甚至生活并没有多大的改变。直到那一天，赢元起夜，从茅房回屋的路上偶然发现不远处的树影下有两个人。赢元揉了揉眼，被浮云遮蔽的月亮此时刚好透过一丝光，赢元看见了，那是副管和王宝，两人站得很近，似乎正在说些什么。赢元想起来，副管前些日子突然换了一辆新摩托，他声称是南方的表叔送给他的。副管将那辆摩托骑回大院的时候，赢元在跟漂亮女人睡觉的愿望清单后又加上了一条，买一辆属于自己的车。现在，赢元似乎想到了什么。他溜回了火炕，半闭着眼，没多久，便看见王宝蹑手蹑脚走了进来，回到了自己的铺位。那个夜晚，赢元彻夜未眠，他在思考他的人生。他知道自己无法变成副管那种不动声色却心有城府的人，可他也不愿成为王宝这种甘为工具替人数钱的人。在天色微明的时候，他想到了，福彩。这种投入小却有无限可能的方式也许正适合他，困厄了小半辈子，也该时来运转了。最开始，赢元每个月买一注，通常他会选自己或者母亲的生日号，但半年过去了，他连一瓶酱油都没能得到。每周买一注，每周买两注，那一天，他正在福彩中心选号码的时候，突然有人拍了他的肩膀一下。赢元回头，发现站在自己身后的人竟是副管。赢元的心突然开始猛烈地跳动起来，就像是个生疏的小偷在翻箱倒柜时恰好碰到主人回来，他的额头渗出了汗。副管笑了笑说，不知道小杨你还有这爱好。赢元只是点了点头，副管的语气分明是在嘲笑，自己一辈子只能是被他使唤的命。副管突然趴在赢元耳边，小声问他有没有什么好数。赢元像只受惊的麻雀，支支吾吾地说不清话。他想起了那晚树影下的副管和王宝，副管刚才的举动令他感到某种无法言说的恐惧。他们走出福彩中心的时候，副管跟赢元说，没有坐过两千块钱的摩托吧，于是赢元便坐上了后座。那时已是腊月，冷冽的风割在赢元脸上，像无数把带血的刀子。那天副管还问了他一些话，但赢元都不记得了，他的脸上满是眼泪。

赢元听到了一些声音。他晃了晃脑袋，醒了神，发现是老鸦在喊叫。她也能发出这般巨大的声音，接着，她便侧头呕吐起来，但吐出来的只是一些稀薄的胃液。这一时刻，赢元突然有一种错觉，躺在床上的正是他那被胃癌折磨三个多月的母亲。这间屋子，药草发出的气味，摇摇欲坠散着暗黄铺盖的单人床，以及床上的女人，他都曾经见到过。母亲病重的时候，赢元从各家亲戚手里凑了八千块钱，他揣着包着钱的布袋走向医院的路上，忽然觉得这些钱本就是属于他的。他听过一句老话，千金散尽还复来，现在该是回来的时候了。何况，这些钱根本无法挽救母亲的命，最多只能维持一个治疗周期，但那根本改变不了什么。赢元还是走向了那个地方，他是怀抱着某种深信不疑的希望去的。他对那些大同小异的纸片产生了某种情感，仿佛它们能听到自己内心深处的强烈呼唤。母亲在三天后的下午走了，躺在家里的床上，她的肚子鼓得很高很圆。临走时母亲没有说什么悲伤的话，她只是用她那瘦骨嶙峋的手摸了摸自己的肚子，对赢元说，生你的时候也是这样呢。母亲的呼吸停止了，手还留在那难以恢复扁平的肚皮上面。赢元借钱为母亲办了一个简单的葬礼，葬礼上，各家亲戚都来了，他们都是来找赢元要钱的。赢元跪向母亲的膝盖转向了这些要钱的亲戚，恳求他们再宽容一段时间。亲戚像是早就串通好了，纷纷不肯。最后，赢元不得不签下了高利息的合同。再也没有回头路了，他必须一意孤行下去，这是唯一能改变自己命运的方式。

药熬好了，热气腾腾的一碗，棕绿色，显而易见的苦。赢元端着，慢慢靠过去。床上的女人眼睛睁着，但很小，如同罂粟花籽。赢元将碗放到地上，离呕吐物半米远。他需要扶女人起身。等他掀开那床脏污的薄被，赢元发现女人竟然赤裸着身子，那就像一条缺了水的娃娃鱼。女人并没有什么强烈的反应，仍然一动不动，甚至也不再发出痛苦的呻吟声，她完全任由别人摆弄了。赢元的手碰到了她，女人的眼睛睁大了些，看了看赢元，然后又垂下了。女人瘫软的身子稍一用力便会凹陷下去，赢元扶她靠在墙头足足用了十分钟。赢元将被子搭在女人干瘪的胸脯上，但被子由于长时间沾染皮肤渗出的油性物质已经变得光滑，立即滑落至腹股间。两人面对面，那一瞬间，赢元突然看见女人的身后出现了一种奇异的光晕，接着，她的皮肤也开始熠熠发光。赢元感到兴奋，也许这女人真是有某种神机。他俯身端起盛药的碗，像供奉神灵般跪在了床前。

"求求你救救我吧。"

女人没有说话，肚子一起一落，费力地呼吸。赢元再次恳求了一遍，他站起身，将碗移至女人面前，贴在了她那皲裂的嘴唇上。她开始喝药，一部分药水顺着她的脸颊、锁骨流淌到腹部，留下深色的痕迹。她奇迹般地活过来了。

"拿纸笔来。"

"什么，您说什么？"

女人又说了一遍。赢元急忙从口袋里掏出一根随身携带用来计算数字组合的圆珠笔，但却没有纸。他在屋里转了一圈，在角落发现了一张被灰尘掩埋的银行催款单。时间是 2002 年 8 月 15 日，来自两年前。杨雨晴，不知是不是老鸦的真实姓名。倒是那催款数额触目惊心，足有五十多万。赢元将这张纸背面的空白朝上，拿到了老鸦面前。

"跟我玩个游戏吧。"

"什么？"

赢元虽一头雾水，但他认定这是女人考验他的方式，便点头答应了。

"你会折东南西北吗？"

折纸。赢元的确见过大课间逃操到后勤部的学生玩这种折纸游戏，只是他不明白老鸦的用意。背对着老鸦，将催款单对折两次，来来回回折腾了几番，赢元发现自己根本不会折。

"给我吧。"

赢元缓缓转过身，犹豫该不该将催款单交给老鸦。现在他终于发问了。

"你真的是老鸦？"

女人点了点头。

"那个两获二等奖的老鸦？"

"你不是第一个来的人了。"

"那么说真的是你，"赢元说着又跪倒在地，"救救我吧。"

"我不过是个快要死的人。"

"传授给我中彩票的诀窍吧。"

女人嗤笑了一声，声音闷在嗓子里："哪有什么诀窍。"

"什么意思？你是不愿意轻易告诉我吧。药我也熬了，也喂你吃了，让我做的事我都做了，你还要什么？"赢元情绪激动，两只手攥着床沿，盯着床上的女人。

"你不想做这个游戏吗？"

赢元看出女人是铁了心要折那该死的纸，便递给了她。现在，那两只骷髅般的手在她裸露的胸脯前缓慢动起来，一分钟后，纸包折好了。

"写上去吧。"

"写什么？"赢元接过纸包。

"想要的，或者不想要的。"

"如果猜中，我就告诉你。"

听见这话，赢元突然提起了兴致。他趴跪在地，思考着要写在纸包内里八面上的文字。写下第一笔的时候，赢元想到如果自己在八面都写上同样的字，那岂不是必然能猜中，于是他决定就这么做。

写好了，赢元将纸包交给老鸦，老鸦问赢元要什么。

"东1。"赢元随便说了个数字，反正无论怎样都必然是一样的字。

"是什么？"

"中奖。现在可以告诉我了吧？"

"不行。"

"为什么，我明明猜对了。"

"因为你已经知道了谜底。"

"妈的，耍我是吧。"

赢元一下站了起来，用力踢了一脚床边的碗，碗碎了，四分五裂。他冲过去，一把扼住了女人的脖子，但那女人并没有喊叫，只是用一种仿佛彻底洞穿他的眼神看着赢元。

女人死了。

赢元一下松了手，随之她便失去支撑，瘫倒在床上。赢元盯着那女人，整个身体都在颤抖。有那么一瞬间，为了防止女人重新睁开眼睛，他甚至想再去补上一脚。离开前，赢元把那个纸包撕得粉碎，并放了火，烧了整座木屋。

他实在太饿太累了，下山的时候，他一边走一边哭。他不知道自己为什么哭，但眼泪一直在流。赢元觉得自己是个十足的傻子，无论到了哪里都是遭人愚弄的命。走到山脚下的时候，他碰上了借给他砂锅的那个男子。男子正站在路边，望向山中滚浓的黑烟。赢元忽然想到男子知道自己是去找老鸦的，而那浓烟似乎是自己杀人放火的证据。男子此刻也看到了赢元，他朝赢元招了招手，跑了过来。

"问到了什么吗？"

"什么？"

"老鸦啊。"

"没，没有。"赢元的舌头打了磕绊。

"也是，她不可能说的。"

"为什么？"

那个午后，赢元从这名男子口中得知了老鸦中毒的真相。在第二次从省城领奖回来的路上，老鸦便遭人扎了针。不知过了多久，她在这座山的山脚下醒来，浑身赤裸，那装有二十万人民币的编织袋也不翼而飞。男子猜测必定是村里的人干的，在夺走钱财同时也对老鸦行了苟且之事。她也曾经是个美丽的女人啊，她又做错了什么。男子感慨。最后，赢元询问了那张催款单的事。男子称大概是老鸦那个相好的欠的外债，她做了担保人。或真或假，赢元没再多想。只是那浓烟越滚越高，眼看要冲破天幕。临走前，男子望着那黑烟，自顾自说道，那也是一条路啊。

赢元越走越快，几乎要奔跑起来，仓皇的脚步将蝗虫的尸体踏成烂泥。逃离这里，希望这条路永无尽头。短暂的前半生，赢元渴望猜中的从来都没能猜中。汗水在飞，风一吹便蒸发，除了仍没有散去的草药味。他想啊，也许真正的答案本就不必去猜。

月圆
似乎就是月牙的盼头。

你看，月亮就是个这玩意，
又扁又瘦，跟我指甲上的月牙差不多嘛。

刺与月牙渐变色

　　工作地离家乡不远，虽分属不同市，但坐高铁只要一个小时，到底没有游子回乡的许多感慨。腊月二十八的傍晚，景川下了车。这里的风跟那里的风也没什么不同。景川习惯用"这里"和"那里"称呼这两个地方。用这种方式，除了简洁以外，有时因工作的不快而埋怨几句，也没有人能确定他是否在诋毁一座城市。不仅是城市，所见的人和物都可能成为景川诋毁的对象，只不过城市不会回嘴反驳，并且再小的城市，对于个体来说也是宏大的。就像此刻，他完全被遮蔽在城市的夜色下。

　　风溜着颈口的衣缝进去，他打了个冷战，而后接到母亲的电话。一只手拉着行李箱，另一只手接电话。不打电话，两只手还可以轮流放进口袋保暖。现在，他只能用手指的僵硬程度来衡量内心的忍耐限度。母亲喋喋不休，无非是问到站没有，车上人多不多，有没有注意安全之类。随便应付几声就是了。景川此时看见一对年轻男女正在拥吻，他随口说了一句，还是这冬天不够冷。母亲没听清，问了一句。景川说没什么，在车站看见一只老鼠。母亲又顺着老鼠的话题说了两分钟。两只手几乎冻得失去知觉，可景川没有挂断电话，就这样在人流中走走停停，一直听着。

母亲最后嘱咐了几遍注意安全，通话终于结束。景川知道母亲是一刻也等不及了，恨不得从话筒里把他生生拽过去。离开老家去异地工作，多半是因为母亲；去不了太远的城市，也是因为母亲。将手机塞回口袋的片刻，右手也能稍稍回暖了。并不能立竿见影，仍是冻得难以动弹。景川准备在路边打车，这时，却隐约听到有人在叫他的名字。转过身，循着声音找过去，夜色朦胧，声音消失在人群里，没找到。第二回，找到了，但一时没认出。那人半遮半掩地躲在车门后，戴着一顶毛毡帽，帽子两边耷拉下来，遮住半张脸。第三回，景川认出来了。那张隐退在他记忆深处、被母亲诋毁得最多的脸，属于他的父亲。

景川站在原地，藏在口袋里的右手食指反复扣动手机的保护壳。一下，两下。父亲第四次喊出了他的名字。看来，他是非去不可了。也罢，见面，说两句话也是应该的，对方毕竟是他的父亲。一步步走过去，拖着行李箱可以尽量伪装得步子迟缓。距离五米的时候再喊爸，还是等到四米的时候，三米吧。迟疑间，已经不足两米。父亲先开了口。

"回来了？"

"嗯。"

"在那边还行吧？"

"嗯。"

景川看出来了，父亲在没话找话。这些在他看来都是无效沟通，完全是在浪费时间。

"我，我啊，这几年跑出租，网约车。"

景川点点头。其实有那么一瞬间，他以为父亲是专门来接他的。高中的时候，每两周回一次家，几乎都是父亲接送。父亲常年在人力市场接些屋顶防水的散活儿，所以他有时间接送。也正是因为他有时间接送，才让母亲在茶余饭后跟邻里嚼父亲的舌根，说他是个没出息的男人。同时，也经常对景川耳提面命，让他长大千万不要像他父亲。嚼舌根的事兜兜转转，经不同人之口加工，很快被父亲知道了。两人吵了一架。父亲对母亲说我可是你丈夫，哪有媳妇这样对外人说自己丈夫的，天底下都没有这个理。母亲也不甘示弱，一边啪嗒啪嗒掉着眼泪，一边把听见整个吵架过程的景川从卧室里拉了出来，让景川跟他爸说。"你说，你同学都说了些啥。"景川嘟嘟囔囔，说不清楚。母亲拍了景川后背一下，景川才吐了出来。他们说，你爸开着小破车又来接你了。父亲最先捕捉到的词是"破车"。他说车再破，能开就行。景川记得当时坐在父亲那辆二手夏利的后座，从两个座椅的缝隙里掏出过一些东西。一枚灰色纽扣、一些饼干碎屑、几绺纠缠着理不清的长发丝，还有一样，被景川收进了家里卧室的抽屉。安全套，一个开了封，似乎被使用过的安全套。景川之前只听过这种东西，但从未见过，可从座椅缝隙里抠出来，几乎只看了一眼，他便意识到应该把这个东西藏起来。景川后来回想，怀疑是当时这种下意识的举动毁了他的家庭。安全套藏在抽屉，夹在一本日记里。母亲那天大发雷霆，让景川把日记的内容一字一句地读出来。母亲翻了他的抽屉，并且丝毫不觉什么不妥。母亲说，这是她的权利，也是义务，然后她才说，还因为我是你妈。母亲用打压彻底击垮了景川。日记里并没有写到父亲，写到车后座，写的是由这枚安全套引发的臆想。母亲想要确认景川用这枚安全套干了什么。景川后来想，从那臆想往前再走一步，才是母亲害怕的，所以只要没有真的发生什么，她也可以视而不见。"杀伐"结束，景川回了卧室，身上的冷汗把衣服都浸透了。他不知道自己当时为什么没有对母亲实话实说，也许母亲会信，也许不信，但他应该试试。在父亲和他之间，母亲的选择并不难猜。这回事景川从没有对父亲讲过，相比于父亲，这件事落在自己身上，造成的洪波会大大削弱。如此，父亲和母亲安稳度过了一年。

"回家吗？我送你吧。"

"不太方便吧。"

"没事，送到门口，我不进去。"

景川想了想，还是上了车。那声憋在喉咙里的"爸"没说出口，拒绝的话也没说出口。父亲说后备箱里放了东西，行李箱只能放在车后座。景川的上身往前稍稍欠着，右手搭在行李箱上。

"挺挤吧，坐前面多好。"

"没事，习惯了。"

"对，上学时候你就老爱坐后面。"

景川无意谈起以前的事，也不想谈。父亲的话悬在半空，没人接茬，就飘飘荡荡地消散了。

咣咣两声，父亲拍了拍正中的空调出风口。

"老坏。"

之前的二手夏利换了，却还是辆破车。景川把搭在行李箱上的右手缩回了大衣口袋。车厢里不算冷，也不暖和。父亲的出租生意似乎并不红火。也是，硬件不过关，这年头越来越讲究服务质量，大冷天的谁会愿意花钱坐一辆没有暖气的车？空调时常坏，父亲也不修，或是修过一次，又坏了，便不再当回事。归根到底，还是错在父亲。

等了三个红灯，总算出了高铁站。从高铁站到家的车程不过十分钟。这十分钟里，父亲对母亲的事避而不谈。父亲说起家乡的变化，从高铁站的兴建到商店街的拆除。两人的交流仅仅是父亲说，景川听。其实景川就在家乡的邻市工作，说是离开了，却也没有真的离开。逢年过节，在母亲的一声询问下，景川二话不说便回家。自然，最开始碰到那种只放三天假的节日，景川也有过不回家的打算。只是倘若不回家，母亲在接下来日子里高密度的连环追问令他实在无力招架，反而更加心烦意乱。由于时常回家，每次回家都有所新见，这些新见逐渐积累起来，相比之下，父亲说的不过是些皮毛而已。也只能是些皮毛。父母离婚已有十年，婚后两人都接连组建了新家庭。景川跟着母亲。母亲第二次婚姻维系的时间更短，仅仅一年多，母亲的叹息越来越频繁。数不清多少声叹息过后，母亲的婚姻再次走向了终点。母亲说她不会再找了，已经对男人失望透了。经邻里之口打听到父亲的婚后境况，可称作幸福。母亲听后撇撇嘴，自己劝慰自己说其实就是看两个人合不合适。景川觉得，在母亲眼里，婚姻里的双方是没有对或错的。一个人犯了错，一个人让另一个人不舒服，吵了架，也不过是合不合适的问题。归类到这个问题，那便都算不得问题，日子总是能过下去的。

　　车内的噪声像是两年前家里换掉的那台抽油烟机发出的，嗡嗡嗡，像一万只蚊子在乱叫。景川心想，父亲的幸福不过如此吗？

　　"你妈还好吧？"

　　父亲本可以问起他的工作、生活甚至感情，但母亲恐怕是他最不该问起的。好或不好都不该直接说。景川的右手食指又在口袋里扣动手机壳了。

　　"还是那样。"

　　"蛮好，蛮好。"父亲像在自言自语。

　　"你怎么样？"

　　"我嘛，我也蛮好。"

　　景川从没觉得这条回家的路有这么长。右手在口袋里闷出了汗，掏出来，放在大腿和行李箱之间的空隙处。那空隙的旁边便是两块座椅的缝隙，手触到缝隙的那一刻，景川几乎下意识地往里伸。似乎比从前更紧，不知是换了一辆车的缘故，还是他长大了，手指也变粗了。手指钻进去需要多次扭转角度，像拧螺丝。

只是这一次，父亲的秘密并不藏在这里。

车开到小区门口，景川说停在路边就行，可父亲还是执意开了进去。轻车熟路，到了楼底下。和父亲的告别短促、平淡。告别的时候，景川没有预想下一次再见的时间、情景，或许会比这一次相隔更长，更偶然。

"我走了，爸。"

车门摔响的声音把那半句"爸"截断，父亲或许听见了，或许没有。这句话景川上高中的时候也时常在父亲把他送到学校后说过，或许父亲每一次都没有听见，又或许每一次都听见了。这些事本来也不必搬到台面上说，于是两个人便只能在那车门摔响的回荡声里各自猜想。

景川提着行李箱，头也不回地上了楼。

由于常年久坐办公室，提着行李箱爬到三楼，景川已经有点气喘吁吁。缓了缓，敲了门。下一秒，门就开了。母亲站在屋里，笑容满面。

"开门挺快。"

"听见你上楼声了。"母亲说着接过了景川手里的行李箱，"怎么回来的？"

"打车。"

"没遇到什么人吧？"

"什么人？"

景川察觉出母亲似乎话有所指。母亲如此迅速地开门或许真如她所说是听见了脚步声，但也可能是在窗口看见了父亲的车。父亲换了车，母亲多多少少会听谁说起。这不足为奇。更何况，从进门开始，母亲的话都在暗暗诱导他。

"没什么。饺子下好了，歇会儿，准备吃饭吧。"

景川走入卫生间，洗完手，用毛巾擦手的时候，突然感到右手一阵刺痛。痛感转瞬即逝，但却把胳膊上的汗毛激了起来。从拇指开始，每一根手指都小心翼翼地摩挲，疼痛第二次袭来的时候，确定在中指。是刺吗？只能是刺了。可这痛感比从前手里扎了刺要强烈许多。为了拔出这根刺，必须忍着痛再次摩挲。卫生间里灯光不够明亮，景川走到客厅，坐到沙发上，打开手机的手电筒，把整根中指细细观察了一遍。没发现什么刺。母亲见状走过来，问怎么了。

"扎了根刺。"

"我看看。"

"没事。"

说话间，刺痛第三次出现。一次比一次痛。这次，景川的身体骤然抖了一下。

依然没找到刺的确切位置。

要不是母亲影响，这次肯定能找到。景川想，他是白白挨了这一下。

母亲不休："我可知道那滋味，我帮你找。"

景川无奈，只好任凭母亲在自己身边坐下。

"等会儿。"母亲说着起了身，从电视柜的抽屉里翻翻找找了好一会儿，然后回过身，"挑刺得有这个。"母亲手里多了个细小的镊子。

从景川拿手机照着，母亲用镊子挑刺，到母亲拿手机照着，景川挑刺。刺痛一次又一次出现。最后景川痛到浑身出了一层冷汗，那根刺也没能找到。

"先吃饭吧，时间长了，刺就没有了。"母亲往后靠了靠，眼睛用力眨了几下。

许是出了那一身汗的缘故，景川连吃了三十几个饺子。因为那根刺，母亲给景川换了叉子。用叉子吃饺子倒是第一次，景川不习惯，吃第一个饺子的时候插到了嘴。母亲忍不住笑了一声。景川痛得龇牙咧嘴，母亲却说小的时候他就是用叉子吃饺子的。

小时候用叉子吃饺子的事，景川已经记不得了。倒是母亲说过一些关于刺的话，景川犹有记忆。最开始，母亲说父亲是个没有盼头的人，跟着他久了自己也成了个没有盼头的人。父亲问什么是盼头，母亲又答不上来。父亲说，人活着都有盼头。以下是景川上高一那年冬天父亲在公共浴室里告诉他的。盼头这个话题总也绕不过去了。父亲说他不像母亲说的那样是个没有盼头的人，他是有盼头的。他的第一个盼头是钱，可景川从第一次坐上父亲的那辆二手夏利开始，便已经怀疑父亲第一个盼头的真实性。后来景川又觉得，正是因为没有钱，钱才成了盼头。只是这盼头倒成了一个遥不可及的东西。这种东西在景川内心也曾存在过。景川盼望过登上月球，当一名宇航员。母亲说这种盼望不切实际，她又指着夜空中那似乎可以被云轻而易举压断的月牙，对景川说，你看，月亮就是个这玩意，又扁又瘦，跟我指甲上的月牙差不多嘛。景川的盼头没了。不全怪母亲，也怪他不明所以，把青春期所有的幻想都寄托于盼头。那天景川和父亲洗完了澡，闷在桑拿室里，景川受不了逃了出去。他站在桑拿室门口回望了一眼父亲，父亲神色迷离地半躺在藤椅上，景川忽然觉得母亲说的也许是对的。月亮不仅又扁又瘦，而且很可能闷热难耐，受不了，便不再盼想。景川还记得当时有人在桑拿室里大喊了一声，关上门！他吓了一跳，硬生生把门摔了回去。啪的一响，那人竟气势汹汹地打开门，指着景川问，你小子是怎么回事？父亲从昏沉里站起身，笑嘻嘻地指着景川的脑袋说，小孩子不懂事。息了事，景川眼睁睁看着父亲和那个骂他的男人一同又回了桑拿室。那一刻，景川忽然觉得，相比于盼头，也许诋毁更容易实现，也更容易让人自我满足。

那天从浴室里出来时，夜色已经深了。景川在更衣室睡着了，父亲蒸了桑拿，倒是神气焕发。景川拢着父亲的手臂摇摇晃晃地走，时不时打着哈欠。父亲为了给景川醒神，不断给他抛问题。从洗澡舒不舒服到想不想再吃小冬窖那家栗子糕，可能是问题问完了，父亲又问回到盼头。他问景川有什么盼头。景川说他想有钱。好小子，你也想有钱，咱爷儿俩一块有钱。父亲说着扶着景川的脑袋在空无一人的巷子里来回摇晃，这一晃，倒是把景川晃醒了。他看见父亲的澡篮子里多了几块免费的一次性香皂，而父亲身上渗透出来的也都是这香皂的气味。他忽然意识到，父亲的盼头其实什么都不是。景川甩开父亲，自己在前面走，闻了闻自己的手腕，却也是一样的味道。

　　只是那时，父亲所谓的盼头言说还有后半段。景川还没听过，母亲便像根刺一样暗暗插了进来。是他在父亲的二手夏利上发现那枚安全套后不久，一天景川挑着父母都在的时候，突然说他想要个妹妹。母亲愣了，没说话。父亲却问，为什么是妹妹？景川说弟弟也行。那枚安全套在母亲那里似乎已经过了关，它仅仅标志着景川从男孩往男人迈出了一步。这一步没有迈出母亲的管辖范围。反倒是景川，在从男孩迈向男人的懵懂过程中隐约觉得自己窥探了父亲的秘密。那是一个肮脏的、代表着背叛的，甚至会让整个家庭分崩离析的秘密。说想要个妹妹，一是为了试探父亲的态度，二是倘若真的有了一个妹妹（或者弟弟，这并非事情的关键），母亲的注意力会有所分散。这两点达成任意一点都算是成功。景川留意到了，有那么一刻，父亲在看向母亲。母亲没理睬父亲的眼色，进了厨房。父亲于是叫景川跟他出去洗车，每次接景川回家后父亲通常都会洗车。这时，母亲来到厨房门口，说儿子还要学习，你自己去。父亲没说什么，点点头，走进了卫生间。可景川还是跟着父亲提了两大桶水，下了楼。父亲洗车头，景川洗车尾。其间，同一栋楼的邻居王阿姨经过，景川打了招呼，父亲却视而不见。景川知道传话到母亲耳朵里的人就是那个王阿姨。想要个妹妹的测试失败了，景川还留有后手。等到车外壳擦洗完毕，终于到了清理座椅脚垫的时候，景川在一旁看着父亲打开后车排的左侧车门，弯身探入。可就在这时，母亲的喊声从楼上传来。母亲大喊着，让景川上来。景川抬头与站在阳台的母亲对视了一眼，便低下头。父亲此时已经从车子里收回身，轻轻地说了一句，上去吧，下面我自己来就行。犹豫之间，母亲又喊了一声，景川就这样错失了第二次机会。

他并不知道，那天傍晚父亲有没有发现藏在坐垫缝隙里的安全套，不是之前那枚，那枚早已被母亲扔掉。景川特意花了十块问学校里一个混混买来一个全新的，拆了封，偷偷塞进了座椅缝隙里。母亲问景川下去干嘛，景川说帮我爸洗车啊，母亲又说你知不知道现在最重要的事是学习。景川嘟囔了一句，母亲没听清，问景川说了什么，景川稍稍大了点声说不差这一会儿。母亲沉默了几秒，问景川，你和你爸在楼下洗车像什么样子，不怕人笑话吗？景川问笑话什么。母亲说，笑咱家连洗车费都掏不起，你以后可是要上名牌大学的，不能跟你爸一个样！现在，景川终于感觉到了，这根刺究竟痛在哪里。

吃完饭，母亲还要给景川挑刺。景川说不用了，好像没了，起身回了卧室。

那天洗完车以后，父亲没有上楼吃饭，母亲没叫他，也没等他，甚至没留出一份饭菜。这些画面自然而然地从脑海里冒出来，景川忽然有些不适。父亲这个几乎快要从他的生活里隐没的人，就像多年前那晚母亲说的那个又扁又瘦可以被云朵轻而易举压断的月牙一样。本以为他不会再发光发亮，变得可有可无，可景川和母亲那时都没想过，月牙也有再圆满的时候。月圆，似乎就是月牙的盼头。可成了满月以后呢？还不是会再变成月牙？或许，这盼头本身就是一场空吧。景川当时没想明白的，现在也依然没能明白。

敲门声把思绪打断。母亲开了门，端着一杯牛奶，站在门口。

"川川，妈有话跟你说。"

"我知道了，已经在找了。"

最近两三年，母亲开始催婚，从一开始的旁敲侧击，到直接以回收礼钱为由步步紧逼。景川有时想，倘若母亲再次在他的日记里发现安全套，恐怕会是与之前完全不同的心情。无论如何，在母亲眼里，那枚安全套都跟他有关。直到现在景川也不确定他有意隐瞒了这件事的真实情况，把母亲蒙在鼓里，究竟是对是错。对于父亲来说，也许是逃过一劫，不必落得满城风雨的骂名而离婚。

"不是，"母亲沉默了两秒，"那根刺找着了吗？"

"没，我很累，想睡了。"

"好，明天再说。把牛奶喝了吧，刚热好的。"母亲说着将手里的杯子递给景川。

"喝不下了。"

母亲退了出去。同样的情景，放在十年前，母亲无论如何都会让景川把这杯牛奶喝下。忘了从什么时候开始的，回了老家的夜晚，时常能听见隔壁卧室传来隐约的鼾声。老房子的隔音不好，从小学时景川便有所体会。只是那时传来的不是鼾声，而是母亲的呻吟，听着像寒夜里窗外叫春的野猫。景川年幼不懂，吃饭时学那野猫叫，母亲问景川叫什么，景川笑着问母亲他学得像不像。母亲问像什么，景川便用手指了指母亲。从那以后，母亲再没有叫过。景川后来回想起这件事，不知道是母亲开始有意在和父亲做那事时闭了嘴巴，还是从此拒绝和父亲做那事。这也是不得而知的秘密。如果是后一种，景川想，也许父母的离婚跟他有莫大的关系。

傍晚在车站碰到父亲，景川没当回事。多年的浅度睡眠，第二天一早景川便被门外窸窸窣窣的声音吵醒。打开门，母亲正在客厅里收拾一个蛇皮编织袋。

"醒啦，正好，吃完饭把这些东西给你爸送去。"

"我爸？"

"家里还有些他的东西之前没带走。"

母亲突然提起父亲，让景川越发证实了之前的猜想。回家那晚，母亲很可能在窗口看见了送他回来的人是父亲。只不过，母亲所说的"之前"已经是十年以前。十年，这些东西放在家里，母亲没有扔掉。是忘了还是有意让它们留在这里，景川不得而知。可现在，母亲找到了这根蛰伏在储藏室里十年的刺，并且要把它硬生生地拔出来。

"你爸的电话还有吧？"

"有。"

母亲直起身，点点头，缓了口气。

吃完饭，景川把那袋东西提到楼下，想了想，还是决定先给父亲打个电话。也许他不方便呢，这袋东西在这个家里是赘余，在那个家说不好甚至会成为暗雷。毕竟离婚十年了，再婚后若还与之前的家庭有瓜葛往来，再宽容心慈的女人，也多多少少会有所顾虑。

景川站在楼底的遮雨檐下，从楼上看不见。电话等候音是十年前花一块钱买的那种网络彩铃，循环了两遍半后，通了。父亲说好，但约定的地方果然不是他现在的家。父亲要开车来取，景川下意识地说别了。他怕又被母亲看见。想了想，选了当时从公共浴室出来后两人回家走的那条小巷。车停在巷口，十分钟后碰面。如此来看，父亲的出租生意似乎真的冷清。十年了，父亲的第一个盼头，依然悬在半空。

这袋东西说沉不沉，说轻也不算轻，十分钟的路程，是按照记忆里的路径估算出来的。实际走的时候，却发现原来可以进出的一个口被封上了，于是只好原路返回，从小区的正门走。编织袋不知用了多少年，提手已经成了一根细绳，随时可能断掉的样子。天冷，又勒得慌，不得不走一分钟换一次手。母亲也没想换个结实的新袋子。反正是旧物，是父亲的旧物。只不过最先坏掉的并不是提手。有东西从编织袋下方掉出来的时候，景川才发现袋子的底部破了个鸡蛋大小的洞。原本那洞被一件衬衣挡着，许是来回换手使得衬衣渐渐挪了位置。掉在地上的像是一颗棋子，景川捡起来一看，果然是，而且竟然是个"将"。中国象棋，是父亲旧日跟别人学的爱好。母亲自然看不惯下棋的父亲，说有下棋的工夫还不如去多赚点钱。象棋闲置了，这颗在棋盘上气势不凡的"将"也变得灰头土脸。

景川将棋子放回去，于是便打开了编织袋的拉链。里面多是一些旧衣服和生活杂物。也是，父亲把这些东西留在家里就说明它们必然不是什么秘密。现在，景川不得不抱着这个编织袋。两只手相互扣着，这样反而没那么累了，也不勒手。如果早换这个姿势，或许那个洞也能早点发现。

父亲的车已经停在巷口了。离车子还有一米远的时候，父亲下了车。

"这么多东西吗？"

"是不少，我妈收拾的。"

"以为都拿走了。"

"你看看吧。"

"没用的扔了就行。"父亲说着，接过了编织袋。

景川没应声。

"我送你回去吧。"

"不用了。"

"上车吧，不送到楼下。"

父亲似乎也意识到了这袋东西此时出现的真实原因。

好巧不巧，天开始下雨了。冬雨，阵仗不大，落在脸上却冰凉，像刺扎。景川还是上了车。坐在后座。父亲把那袋东西放在了副驾驶座。

"怎么不放后备厢？"

这是其中一个憋在景川心里的问题，此刻不知怎么问了出来。

"后面放了东西，怕压。"

景川觉得父亲其实是为了把他送到小区以后，扔掉这袋东西时更方便。

回答得不诚恳，其他问题就没能像这个问题一样接着问出了。

父亲没有立即开车。空调风力大，但不够暖，只是陡然把整个人吹得很干。景川埋头回复手机里的工作群消息。空调的嗡响像老人粗重的喘息，整个空间空气的流动莫名变得迟缓。此时，景川听见前座传来嘎达嘎达的声响。景川偏过身子，发现声响是从父亲右手传来的。那东西有些眼熟。他想起来了，那似乎是初中为了打篮球锻炼指力买的指压器，只不过没用几次便闲置了。景川也不清楚父亲手里的是不是同一个。

"哦，这个啊，活血舒筋的。"父亲发现了在后座窥视的景川。

"跟我之前那个挺像的。"

"不知道啊，用了十多年了。"

景川开始确信，这个指压器就是他的那个。因为当时店里其他颜色都卖光了，还没补货，只剩下橙色的。景川不愿再等，还是买了。心想反正是在家里用，不见人。

"这个还能活血舒筋？"

"不知道，应该可以吧，闲着没事的时候按按，不费事。"

说到底，这个指压器也是父亲的一个盼头。也许有用，也许没用，但对父亲来说，自己相信就够了。

"多用用，月牙会变色。"

"什么变色？"

"就是这个。"父亲松开了指压器，把右手伸到半空，用左手食指点了点右手拇指上几乎要完全消失的白色月牙。

父亲似乎真如母亲所说，是活在各种不切实际的盼头里，自欺欺人。景川本想告诉父亲手指的月牙跟身体健康并没有直接关系，想了想，还是没说。

"爸，我问你件事。"

"啥事？"

"你除了钱这个盼头，还有别的盼头吗？"

"我想想啊，除了钱，还有女人。哈哈。如果硬要选一个，那还是钱吧，毕竟有了钱，女人也就会有嘛。"

同样是不诚恳的回答。景川忽然觉得，也许这些年他受母亲影响太深了。对父亲除了偏见和诋毁，难有其他理解。可即便父亲现在依然没有钱，也不妨碍有人爱着他，愿意跟他重组家庭。母亲说父亲总不说真话，爱说浑话。景川此刻却觉得，这些浑话听来不刺耳，虽然没什么实际价值，但听着身上却没那么冷了。这让他想起冬天从公共浴室洗完澡出来的时候，也是这样，从那间满是雾气，男人们聊着夸大和带些颜色话题的屋子里走出来，他的整个身体竟也放松、暖和起来。

"爸，你之前那辆二手夏利有没有载过别的女人？"

"啥话，不载人挣啥钱？"

"我是说没跑出租那会儿。"

"啥意思？"

"没，"景川没再把这个话题继续说下去，"你这坐垫该换换了，上次坐你车手里扎了刺。"

"咋能扎刺，挑出来了没有？"

"没有，不怎么疼了。"景川说着用手指轻轻碰了碰之前刺痛的地方。

"不疼了就行。"

"可那刺估计还在里边。"

父亲停顿了两秒。

"这样,你用这个东西。"父亲说着把指压器递了过来。

"用这个,有啥用?"

"活血舒筋,那根刺就在身体里化掉了。"父亲说得煞有介事。

景川接过指压器,没再说什么。安全套的事没问,离婚的事也没问,即便问了,在父亲这里大概也得不到真正的答案。真正的答案、想要的答案和预设的答案,说不一样,或许也没什么不同。景川想,正因为当年那枚安全套是未使用过的,母亲才没有深究。也许那安全套真与父亲无关,是哪个坐过父亲车的人无意留下的一根刺,机缘巧合,扎进了景川十六岁的生命里。

车开到小区门口。景川下了车,挥了挥手,说了句我走了,爸,然后关了车门。他站在原地,目视父亲的车拐过路口,不见了踪影。其间,右手上的指压器嘎达嘎达一直在响。

可是妈妈说
金鱼是生活在鱼缸里
不是生活在江里的。

水往家的方向流，他逆流而去。

索饵洄游

　　铁丝要不硬不软，不粗不细，刚好。用不上钳子，手的力度最适合掌握弯曲的弧度。把这秘密工具探进那一个个肉眼望不穿的黑色小洞，上上下下，左左右右，一提一扣。屡试不爽。之前，自然要失败几回，仅仅是几回，便掌握了门道，自觉是干这行的料。

　　他向来偷一半留一半，自称是盗亦有道，其实是怕，怕户主恼羞成怒非要揪出这贼手。除此之外，他的首要目标是食物，财物是额外的惊喜。无论怎样，留一半，来日方长。

　　先敲门，力度不能太轻，否则屋里若有人没听见，撬门闯入会被撞个正着。另外，也显得心虚。有人开门，只说是社区宣传防盗知识的志愿者便好，被一两句话打发走，再换一家。他不喜欢蛰伏。观察，盯准一家，适时下手，时间成本太高。但观察也必不可少，要找到监控盲区，翻墙的功夫平日也有练习，实在避无可避时，通常选择放弃。他流动在不同社区，像一条鱼，心里想江河湖海总要游个遍，但瞄向的却都是小河小溪。

　　十八层楼，多半是空房，从楼外是否安装了空调外机可以大概判断。选了十四层，用望远镜看，空调外机似乎还算新。社区里的基础设施尚未修建完全，乳白色的灰尘陷在鹅卵石小道的缝隙里，风吹不走，恐怕只有暴雨才能清洗。老旧小区和新小区是主要选择对象。新小区由于急于招商和售卖，通常不设门卫，但门卫室是有的，起码看上去要一应俱全。测电仪也是常备工具，有些摄像头虽然固定在路灯灯杆上，但其实只是摆设，用来唬人的。这样的，用测电仪一测便知。灯没亮，正中下怀，可以开展行动。

他穿得最普通不过，普通到无需赘述。踏在鹅卵石走道上，凸起的圆石硌得脚底疼，鞋又该换了，流动作案的坏处之一就是费鞋。朝九晚五，混在上班族人群里，地铁上大部队要下车他也跟着下车，顺着人流走，走到哪是哪，一路寻找合适的目标。在地铁上被混合着香水味和汗臭味的温热身体裹挟着的时候，他觉得自己就是这其中的一个。偷窃是他的工作，八小时工作制，他也算是个敬业的打工人。不用刀片，不趁混乱时悄悄划开某个女士的皮包，他觉得这是低级而卑劣的行为。他不想破坏整个车厢的和谐，即便这种他所以为的和谐里充斥着瞌睡、牢骚以及各种不一而足的怨念。他属于他们，所以他要维护他们。他感到一种难以言喻的归属感。每停一站，上去一些人，下去一些人，像潮汐更替，他便也跟着来回游动。

电梯里也有乳白色的灰尘，鞋印的纹路印上去，算不上有力的证据。摁下"14"，一路顺畅，反而是空空荡荡的电梯间让他隐隐感到不安。十五秒不到，抵达十四层。西户，门上的不是智能锁，老式的锁孔不怕停电，他喜欢这种。电梯间过道跟住户门有个转角相隔，电梯到达有"滴"的一声提示音，这些都是安全要素。

弯下身，左眼闭着，右眼先探路。洞口里有光，没有人影晃动，没有声音。第一次敲门，正常力度连敲两下，等待，没有回应。他心急了，本该敲第二次的，这也是安全措施。或许是那些乳白色灰尘铺满鹅卵石走道和空荡电梯带给他的感觉，这是一间闲置已久的房。这样的房虽然安全，但往往收获很少。不必敲第二次了。

干这行一年多，他还没被逮住过。小偷小摸对一户人家造成的伤害微不足道，他用这偷来的仨瓜俩枣过得也算舒坦。妈送他上学，他不想上，一直垫底。妈不知道他是从那个不知名姓的小偷身上看到了捷径。高一没念完，他要出去打工，他知道妈左右不了他，就像妈左右不了爸，左右不了那小偷一样。他想，这也是某种报复，以牙还牙，以眼还眼。

铁丝从口袋里取出，瞄准锁孔，探了进去。轻而易举。每次打开一扇门，像开盲盒，室内装修一眼望去，心里有个大概。由于有了预设，下手时也分了轻重。淡黄色瓷砖抹到墙体腰部，地面铺的是大理石。进了屋，不能再装作志愿者，于是蹑手蹑脚，身体前进的同时也始终保持半个身位微微向后，以备家中有人，及时逃走。再往里走，两侧是客厅和厨房，正对着的一条过道连接着三个房间。根据经验，值钱的东西一般都藏在卧室。在此之前，他需要快速检查一遍所有的房间，厨房也不例外。打开冰箱，拿出其中的一瓶矿泉水，水很凉，八月的天，喝一口，活过来了。除了水，冰箱里几乎没有什么东西。他有时在想，自己也许并不是为了偷窃而偷窃，依靠哪种方式生存不行呢？他似乎只是喜欢在小偷小摸里不动声色地吃掉饵料，然后像一道短促的闪电般从水里消失。

进了过道，从左向右半包围式检查。先是左手边的房间。是间次卧，一张单人床，床板上只有床垫，一张学习桌上空空如也，连衣橱也是空的。似乎是为了日后孩子长大准备的房间。退出去，走到中间，是个卫生间，地面是干的，洗手台的镜子上留着斑驳的水痕，他通过那镜子看了看自己，鼻尖上蹭了乳白色的灰，不知是什么时候蹭上的，似乎这灰无处不在。下水道口有没清理的头发，发丝缠绕，看不出头发的长度，但应该是女人的。墙上固定的架柜有一颗螺丝已经松了，两个漱口杯，只有其中一个有牙刷，刷头分了叉。是离异家庭吗？他突然回想起那间空荡的次卧，想起那个还没长大的孩子。他又摸了摸鼻尖，灰没有了。洗衣机、热水器、浴霸，各安其位，像是长久没有用过。他这样想，为了劝慰自己这是一个安全的房子。退出去，轮到最后一个房间。

早晨，他给妈去了个电话。在地铁上，被四周的人挤着，他见有人用蓝牙耳机打电话，称呼赵总，说的是生意上的事。

他也想打，打电话只是个形式，异地他乡，困在廉租房两年，再没个牵挂的人，他自己都觉出几分可怜。趁有人下车的空，从裤袋里掏出手机，用肩膀和脖子夹着，开始说话。他说妈，我这就要去见客户，二十万的生意，指定能成。他留意四面人的表情，已经有人用难以置信的眼神偷偷瞥向他了。他当然没提那件事——廉租房暂时成了过去，他找到了新住所。城里的小河游倦了，他也想去郊外的小溪游上一回。那座像古堡一样的豪宅里有陈旧的霉味，青苔长满千疮百孔的墙壁。皮沙发是好的，他很喜欢这组墨绿色的皮沙发，他把厚厚的尘土擦净后就睡在上面。这里似乎早已被遗忘，一开始他也曾担心房屋的主人会不会回来，两天过去，无人问津，他的担心消减了大半。墙上只剩一幅杂糅了各种色彩的油画，窟窿成片的天花板，茶几下生长着的小小丛林，所有一切都在腐朽。没水没电，没有食物，他只有晚上住在这里，白天，他就游回城里的小河。他说了再见，结束了通话。有人在看他吗？即使没有看，也一定听见了他的话吧，不知道有没有听见电话那头的声音。电话根本没有拨通，哪有什么声音呢。到了下一站，他将手机收回裤兜，也跟着下了车。

他扭动把手，推开了房门。向阳面，阳光几乎把整个房间的地面铺满。他顺着光路看见空气中飘飞着的细小灰尘，顺着灰尘的凌乱曲线看见依然只有床垫的双人床。他早该发现的，这个房间的味道跟其他房间有所不同。似乎也有一种霉味，有一种腐朽刚刚开始的味道，像淡淡的酸奶，像梅子。

　　一个通常用来装鸡蛋的竹篮放在床头柜上，上面盖着一层方格子花布。他不以为意，首要目标是衣橱和抽屉。衣橱是空的，抽屉里有几盒上了年份的磁带，邓丽君的歌，妈喜欢听。他用手在抽屉里一点一点摸索，怕遗漏夹层。总不能一无所获吧。贼不走空，多少该带点什么走。似乎，这次开到了盲盒里的"雷款"。他一屁股坐到床上，阳光把脸晒得很热，打开窗，一阵风涌进来，双颊收紧了些。等他回过身，准备结束这场失败的行动时，他终于发现了。竹篮上的花布被刚才的风吹起一个角，里面的东西若隐若现。障眼法？珍贵的东西有时会被故意放在显眼或者破旧的容器里。他走过去，掀起了花布。

　　妈跟他说过一件事。有一天傍晚，妈回家，恰好撞上一个正在卧室里翻箱倒柜的小偷，十六七岁吧，跟当时的他年纪差不多。小偷沉浸于探索宝藏，没留意到妈已经手握扫帚站到了身后。妈说，那小偷被吓到了，但没逃走，反而从口袋里掏出一把匕首。匕首对着她的脖子，妈也没有逃。给钱还是给命？那小偷问。妈说，给命。那是他离家前的晚上，妈跟他说的。说完后，他就回房间睡了。那晚，客厅里的灯亮了很久，但他并不知道。

　　那条悠长的走廊原本可能是玄关，青苔和野草肆无忌惮地生长。他不太喜欢这条走廊，即便如此，他也没有清理这些青苔和野草。昨晚，他在睡梦中听到什么声响，像吐泡泡，像把水从气管灌进肺部时胸腔快速涨动，又像哭声。他已经醒来了，从沙发上坐起身，那声音似乎更明显了。房子里还有其他人吗？或许是有闯入者，侵犯了他的领地。他拿不出领主的威严，装也装不出来，只是贴紧墙壁走，顺着声音的方向缓缓靠近。他想起妈，妈在晚上打呼，发出像气泡一样的声音。他在被窝里用手电筒看盗墓小说，听那声音一瞬间令他汗毛耸立。他起夜上厕所，扒着门缝把屋里的情景都看到了。那是妈和爸睡觉，妈被压在身下，想哭哭不得的声音。他没有跟任何人说，像自己处置了赃物。他在那晚偷走了爸和妈的秘密。在他眼里，爸就像是要在那场短暂的撞击中夺走妈的性命。妈从不跟他讲跟他爸的这些事，大人们不讲，但并不妨碍孩子去探索。初二的夏天，他怀抱着凉被睡了一整个下午，爸和妈都不在家，没有人打扰。同时，也没有人知道那个下午他在内裤上吐出了什么东西。就这样，他开始一次次用身体偷走精神，有时萎靡不振，妈以为他学习用功，可成绩总不见好，又担心孩子怕不是脑子不灵光。妈想起他四岁的时候，带他去夜市逛，他要带妈的小手包，眼看要哭出来，妈只得同意，把包套进他的脖子。走了一段路，等妈再回头，他脖子上的手包就已经不见了。妈急得拍他的后背，问怎么不说话，他也不哭，就盯着妈的脸看。右脸上一个绿豆大的痦子，妈一着急就习惯摸那痦子，越摸越大，上次见已经有玻璃弹珠那么大。他忽然意识到，当时偷手包的贼和现在的他一样，总挑软弱处下手。不知道自他走后，家里再遭没遭过贼。

他在玄关的一处长满青苔的柜子上发现了那声音的来源。鱼缸，鱼缸里长满了厚厚的浮藻，不知道是不是这翠绿的浮藻吃掉了鱼。他捡起地上的一根树枝，树枝或许是从穹顶掉进来的。两层楼高的穹顶，一片五光十色的玻璃之内，透出一个虎口大小的破洞。他用手量的，实际上那洞要大得多。树枝搅动浮藻，他在绿色的脉络里见到一条死掉的金鱼。草金，便宜的品种。妈也养过，鱼是有一年灯会他从小摊捞来的。妈说花了钱，鱼活得久才不亏。鱼也算争气，没有过滤和冲氧，在爸的酒坛子里养了一年多。有一天他发现养鱼的酒坛子空了，问妈鱼呢，妈说鱼都死了，又问怎么死的，妈说就那么死了，几条鱼谁知道怎么死的，他又问死掉的鱼在哪儿，妈说扔了，他就去翻垃圾桶，妈说扔进厕所冲走了。他认定，那几条草金是被妈杀死的。身为杀鱼凶手的妈丝毫没有什么负罪感，生活与原来并无二致。没几天他也不再想那鱼，它们一条条长得差不多，游在一起，根本分不清谁是谁。

它为什么会在这个缸里？这曾经的豪宅，怎么会养着一条草金？它不属于这里。他企图用树枝将那条死鱼从繁密的绿藻里剥离出来，树枝被绿藻缠绕，越缠越紧，他只好将手伸进了鱼缸。柔软细腻的藻像在轻吻他的右手，他突然笑了起来，只是轻轻地笑，小声地笑。夜太静了，声音稍微大一点，他都有可能被发现。他沉浸在这柔软狂热的亲吻里。绿藻具有极强的吸附力，他忽然意识到，绿藻把他的手当成了食物。这贪婪的生命体也想在静谧的夜里窃取一些什么，他立刻挣脱了那亲吻。他有些后怕，再晚一些，恐怕他只能将整个鱼缸砸碎才得以逃走。

就这样，那条鱼还留在缸里。

花布拿掉后，被他攥在手里，本来是打算扔到床上或是地上，随便什么地方。现在他攥着，反而抑制住了一阵突如其来的剧烈的恶心。他看见了，花布之下，竹篮之内，还有一团蓝色的布，皱皱地叠在一起。后来他才发现，那布是从第一个卧室的窗帘上剪下来的。一定是剪下来的，粗糙的刀法，花布的边角冒着潦草的丝线。那把剪子除了剪下窗帘，也许还有别的用处。所以，他才没有在房间里找到。那把剪子应该是带血的，鲜红的血，顺着柔软的脐带滴下来。他仿佛看见一个女人揣着那把带血的剪子仓皇逃走的身影。从他进来的那扇门追回去，也许还能发现滴落在白色灰尘上的血迹。他本该听见哭声的，哭声呢？他终于鼓足勇气从对房间蛛丝马迹的追索中收回目光。这是个再普通不过的房间，如果不是因为他好奇心过剩，不是因为他拿掉花布后看见竹篮里那团本该哇哇啼哭的肉球，这个房间在他的记忆里不会留存太久。他会回到他的那座破旧宫殿，睡在一张散发着青苔腥气的沙发上，每天混入地铁和人群，随机寻找下一个目标。他迟早会失手，被抓住，他想过，并觉得那一天不会太远。

昨天晚上，他将右手从那架长满黑洞一般浮藻的鱼缸里挣脱后，回到了客厅的沙发上。他当然想起了童年时酒坛里的那几条金鱼。鱼被妈倒进马桶里冲走了。第二天，酒坛出现在阳台，第三天也是，它晒足了四天的太阳。第五天，酒坛里灌了酒。他不知道这是不是妈为了挽留爸而做出的改变，实际上，爸在那几天的确每晚都会回家。爸和妈睡在同一张床上，但他再没听到过妈发出像吐泡泡一样的声音。爸和妈只是睡在一张床上，像那几条金鱼生活在同一个酒坛里那样，别无选择。爸在家睡了三个晚上，酒坛里的酒还有一大半，但他再没有回来喝过。爸偷走了房产证。听到妈使用了"偷"这个字眼，他很震惊，仿佛爸和偷是两个世界的存在。有一天，两个世界相撞了。他知道了真相。实际上，无论妈怎么藏那房产证，无论爸是不是装模作样地跟妈同睡一张床，这座房子迟早都会被偷走。可怎么能说是偷呢？房产证上写的是爸的名字，是婚前财产。是妈偷了爸的房产证。妈搬走了生活必需品，他虽然也偷生活必需品，但他想，他和妈还是不同的。从那座他生活了十一年的房子里搬出去时，他记得妈狼狈的样子，大包小包几乎快要拎断了胳膊。他们要去哪儿呢？这个问题他曾经想过，在妈说那几条金鱼被冲进马桶的时候，他想过很多种去向，最糟糕的也许是顺着地下纵横交错的管道被冲进太平洋。太平洋太大了，它们会不会怕得待在原地不敢游动？海水太咸了，它们会不会不敢吐气呼吸？无论如何，他从没设想过死亡这个更糟的结果。

他和妈住进一栋破败的居民楼，摇摇晃晃，似乎碰上一个暴雨天，就会整栋塌毁。可就是这样的楼，依然会遭遇小偷。他以为，住在这种楼里的人都是对生活失去渴望的人，像妈，无论小偷要什么她都会给。当他离开家以后，第一次在破旧居民楼下手，发现其中一个窄小逼仄的房间里有一个坐着轮椅的老婆婆时，他问了那个婆婆当年小偷问妈的问题。给钱还是给命？他知道自己不会伤害她，他只是想吓吓她，出于某种恶作剧的心态。那婆婆突然像被摔在岸上濒临窒息的鱼一样，呼哧呼哧地喘着气。她看上去害怕极了。而这时，他也慌了。他本以为婆婆会老老实实地把钱交出来。他看着她满脸皱纹里飞快蔓延的痛苦，在情况变得更糟之前，逃离了这栋居民楼。

　　同样的逃走，在今天再次发生了。他想起自己慌乱中闯过了红灯，一辆大卡车在他经过时急刹车发出的巨大声响。他想起自己逃进一条死胡同，停下来，喘着粗气，过了好久见没人追来才渐渐平静。他摸了摸裤子的右侧口袋，想掏出手机看看时间，却发现手机不知所终。去了哪？他不知道，但他已经在无数个未知的可能里默默认定了其中一个。此时此刻，原路返回不是好的选择。可如果手机丢在了那户人家，警方不费吹灰之力便可以锁定他的信息。他必须回去。他在人行道上逆行，迎面而来的电动车和各色不同的人，面孔、呼吸、脚步，要把他的身体穿透。他和某个人擦肩，反而是那个人颔首先说了抱歉，他只是不停地走，不停地走。空气足够潮湿，再不下雨似乎就说不过去了。可天气就是这样顽固，偏不落雨。他已经浑身湿透，像在蒸锅里小火焖着。当他终于要转过最后一个路口时，他已经听到了，那响亮的"哇呜"声像蒸锅里透进了一丝凉气。这凉气不是救他命的。救护车从小区门口驶入道路，正是下班的拥堵时分。他看见救护车调转车头，拐入逆行的对向路，然后在鸣笛声里尽可能地前行。他站在那里有一会儿，一分钟，两分钟，也许更久。时间在那个房间、这条街道上被争抢，他松了手。他想，现在那户人家极有可能没人，所有与那婆婆相关的人都跟着或追着那辆救护车。现在是他返回去的最好时机。可当他走到小区门口，却突然质疑，也许救护车上的人并不是那婆婆。婆婆安然无恙，从他逃走到返回，婆婆都坐在那轮椅上，用一种比时间还要缓慢的方式呼吸着。于是他转过身，离开了那里。

两年以后，一个类似的夏天，只会比从前更加炎热。他戴着橡胶手套的双手涨得像块发糕，有个女人看了他一眼，他才想起要把手套摘下来，像蜕了层皮。是否又忘记带走什么，或丢了什么？手机还在，铁丝也在。除了他本来就有的，这次他什么都没带走。可相比吃的、喝的和他更中意的生活必需品，他分明觉得，有一些什么被他带走了。或者说，像两年前那个坐在轮椅上，胸口上下起伏，大口呼吸的婆婆一样，有一些什么硬生生地闯进了他的领地。他感受到挫败、恐慌，然后是懊悔。他不该选择这一家，或者，他不该选择这条路。

警察会发现的，或早或晚，那间卧室里一个并不起眼的竹篮中，蜷缩着一个失去血色的婴儿。他也许避过了所有的摄像头，可在警方询问小区住户的时候，那个看了他一眼的女人很有可能会说，她在那天看见了一个可疑的戴着橡胶手套的男人。

　　他上了地铁，中午的车厢，空荡、寂寞。他靠着角落坐，脑袋里反反复复浮现那个婴儿的脸。婴儿的眼睛是闭着的，可能还没有看见妈妈——那个丢弃他的女人；透着一点淡红的嘴唇紧闭，嘴角微微上扬；耳朵像一朵干燥的银耳。再过不久，也许那婴儿便会整个脱水，成为一张乳白色的纸。时间再久一点，警方可能也对那张纸束手无策了吧。他这样想，却并没能将那张脸从脑海中驱赶出去。

　　这时一个陌生号码打来。他不敢接，可电话一直在响，响了很久，似乎不会挂断的样子。

　　"在哪儿？"接起来，是爸的声音。爸这次没有称呼他的名字。

　　"车上。"

　　"快回家来，快，你妈快不行了。"

　　他并不知道爸当时所说的快是指要以接近光的速度，甚至要让时间倒流，回到妈出事之前。否则，无论他搭乘高铁还是飞机，都是来不及的。爸挂掉了电话。他没来得及多问。人在抗拒坏消息的同时，也会不由自主从心底对坏消息深信不疑。他打给妈，不像以前，这次是真的按下了妈的电话号码。没有接通。再打，还是没通。

　　他在下一站走出地铁车厢，自动扶梯上的人不多，但错落交叠，像无法顺利全部推倒的多米诺骨牌。他知道自己没有勇气推动任何一块，于是他跑上楼梯，两级台阶一步，飞跃着，虽然看上去有些狼狈。回到地面，他发现裤子的右边口袋被铁丝穿透了，半截铁丝露在外面。他将铁丝抽出来，坐飞机或是高铁，这铁丝都迟早要扔掉。

　　他再次打给爸，通了。

　　"上车了吗？"

　　"到底出了什么事？"

　　爸一时没有说话。为什么是爸打给他？爸妈已经离婚，他们两人唯一的交集本该是他，是他这个从家庭逃走的人。

　　"不关我事啊，你妈她非要来闹，房子本来就是我的。你妈非说自己怀了我的孩子，在楼底下闹，要喝农药。"爸条理清晰，直言不讳。

　　他陷入沉默。这些话像极了玩笑。他突然想起一周前妈打来的那个电话，电话是真实接通的。妈的语气很卑微，在哪儿啊，在忙吗，类似的话酝酿了几个回合，才说出想家了就回来这句。妈很少给他打电话，是他告诉妈自己在外面很忙，没事少打电话。实际上，他的手机一直设置静音，这也是行窃的安全要素。妈这次还是打了，又说了些无关痛痒的话。妈当时或许还想说更多，但他没继续问，没给妈这个机会。他终于为自己感到可耻。

"回来吧。"

爸挂断了电话。

地面以上，太阳还是那样强烈。爸没再说快、尽快，只让他回来。时间重新松开了它的袋口。妈是不是真的喝下了农药？他看过类似的新闻，喝下百草枯还可以活一个月。也就是说，他还有一个月的时间。又或者，这是不是妈因为太想他所以串通爸编造的谎言？那竹篮里婴儿的脸重新浮现，那婴儿如果还有心跳呢，如果还活着呢？他为什么没有伸出手去试试那婴儿的体温？也许只是睡着了。他手里一直攥着的铁丝轻轻落在了地上。

水往家的方向流，他逆流而去。回去，回到他的城堡。他还没有做好面对这一切的准备。城堡是他的越冬区。他转过身，搭乘自动扶梯返回地面以下。妈似乎知道他是逃走的。给钱还是给命的选择，对生活终究无关痛痒。妈知道那小偷拿不走她的命，她的命没有多少值钱，但也许可以拿回他们以前的家。他不断刷新手机新闻，留意有没有被遗弃的死婴或女人服农药自杀的事件。网络上似乎没有一刻是平静的。一条小鱼稍稍摆一摆尾巴，可能就会引发一场海啸。

昨天半夜下的雨，他忙用瓶子和水桶接水。这里没水没电，他知道自己不可能一直住下去。因为这雨，他也没能睡好觉。雨从屋顶的破洞落下来，地面上、沙发上、墙壁上的青苔又开始重焕生机地生长。瓶子和水桶都接满了水，雨还在下，实际上这些水足够他用两天了。他不喝雨水，喝雨水会肚子痛，他只是用这些水洗漱。雨水落到地面，被饥渴的苔藓贪婪地吸收了，他突然觉得这座房子充满了某种难以言喻的可怕。他在房子里来来回回地走，后来他走到鱼缸前，想看看那条被浮藻缠住的死鱼还在不在。鱼缸里的水已经开始往外溢，这场雨像是那条死鱼求来的。

门前的泥土上还留着他出门时的鞋印，此时已经干结。他再仔细一看，觉出不对，他出门时的鞋印应该朝外，而这双鞋印却是朝里。终于还是有其他人发现了这里。有人侵犯了他的城堡。他用脚将鞋印碾去了。他的东西还在里面，可说到底也不是什么值钱的东西，不过是一个手提袋，里面装着几件脏衣服。闯入的人可能发现了这些，并由之猜测，一个流浪汉曾栖身于此。他不属于这里。他们都不属于这里。但闯入，不拿走什么，只是看到，存在记忆里，似乎也不算是犯罪。

他不知道闯入者还在不在房子里，他努力装出主人的气势，推开了门。迈进去，却恰好撞上一个蓬头垢面的男人。两人对视了几秒，都在等对方露出破绽，识相地退出去。可那闯入者似乎一眼看穿了他，所以不动声色，头上的一团乱草样的头发掩护着神色和表情。是他先败下阵。

"我有东西忘了拿……"

他并没有往屋里去，而是停在走廊上。他看了一眼鱼缸，又看了一眼那男人，仿佛他回来本就是要拿鱼缸。鱼缸里装满了水，要搬起来并不容易。并且，鱼缸表面附着着一层湿滑的青苔。他的双手在打滑，吱溜吱溜反复作响，有点滑稽。

最后，是那男人伸出了援手。为什么不可以将鱼缸里的水先倒掉？他也不知道，但他说不可以，他想到了那条鱼，它在浮藻里掩藏得很好。它或许本该在某个春天水温回升后，从深水区游回饵料丰富的浅水区，但在中途它被渔网捕了去。大门关上了，他被拒之门外。

鱼缸太沉太滑，实在搬不走，于是他搬起门口的一块石头，朝鱼缸砸了下去。破碎的声音响亮、悦耳，甚至有一丝美妙。鱼缸里的水冲泄而出，门前的泥土重新变得湿润。他捧起地上的那团浮藻，确认鱼还在其中。捧着，走了很长一段路。到了可以打到车的路段，接连三个司机见他手中腥臭的浮藻都直接扬长而去。打不到车，他只有继续行走，可他不知道要走到哪儿去。

似乎是水声将他引过去的，江水冲击石头发出的声音，像妈喉咙里的呼噜。那是一片江水冲击而成的滩涂湿地，正计划建成公园。他走过石堆，踏上松软的沙土。捧着浮藻站在江边，倒不显得多么异样。可零零散散的人还是离他远远的，似乎是有意，直到他离江水只剩下不足三米，一个六七岁模样的小女孩跟他搭话。一开始，他并没有发现那女孩，她不知从哪冒出来，问他："你抱的是什么啊？"他不知该如何回答，该说是一团草，还是一条死鱼？他不说话。女孩又问："是从哪里弄来的啊？"他又不知该如何回答，说是城堡，还是说从别人的房子里偷来的？

"你怎么不说话呢？"

他只是嘴角微微上扬，半笑不笑的样子。

"呀，我看见了，那个红色的，是什么？"

他低下头，从绿色中寻找红色。

"是鱼！"女孩自问自答。

"鱼可以不用生活在水里吗？"

"不对，它好像死了，它是不是死了？"

死，死亡，死掉的鱼，以及更多有关死亡的记忆，从他的脑中翻涌而起。他突然慌乱，仿佛女孩发现了这一切。他恍惚间松了手，将那团浮藻扔进了江水里。可扔得太近，江水冲荡几次便将浮藻冲回了岸边。他走过去，重新拾起那团浮藻，几乎用尽了全身力气，朝着远处丢了出去。

"我明白了，你是要放生。可是妈妈说，金鱼是生活在鱼缸里，不是生活在江里的。它游走了，就不会再回来了吧？"

女孩的眼睛清澈见底，太清澈的事物像一把刀子。他掏出手机，装成打电话的样子。打给谁？即便不打，他也该说些什么。江声从听筒里传来，似乎有一种呼噜呼噜的声音隐藏其中。

"对，十四层，是十四层，请你们快去……"

原本静止的盐粒跟随我的声音在橡皮膜上来回跳动

那样有力

恍惚间要跳脱出橡皮膜去往一个全新的世界。

逃避是人类的本能，我们年纪尚小，
无法克服，似乎也情有可原。

梭　那

　　我想起半个月前曾和李饶谈起梭那湖。在这个名为梭那的人工湖旁，有一个妇人推着三轮车在卖糖炒栗子，顺着她的目光看过去，会发现一个头戴灰绿色纱巾的男人。男人倚靠着漆皮脱落的金属长椅，任由身后未经修剪的翠绿灌木丛吞下半个脑袋。明明听见了什么声音，是从那团翠绿之中，抑或是那紧闭的嘴巴里发出的。细听了一会儿，旋律有些熟悉。在离开梭那湖的时候才想起那首歌我曾听过。

　　十七岁，升高三前的暑假，我和李饶通常在辅导班的课结束后去梭那湖畔走上一圈。湖不大，专心走十五分钟就可走完，可我们总是三心二意。这次是李饶提醒了我，确实是《种太阳》。她掏出手机，点开摄像功能，对着那个头戴纱巾的男人。几秒后，李饶突然又放下。

　　"怎么了？"我问李饶。

　　"这样不行，他不张嘴，就没人知道是他发出的声音了。"

　　我不明白李饶为什么会纠结这个，换作大部分人，无非是用手机记录这个不过一时新鲜的场景。我建议李饶把那个男人放在画面的最中间。

"我就是这么做的。"李饶目不转睛地盯着。那片翠绿的领域如同一道难解的几何习题，必须撬开男人的嘴才能求出唯一的解。

我说我们该走了。李饶回过神，手机录制依然继续，她按下停止。小学时，我和李饶同在学校的合唱团待过一段时间，因为市文体局临时通知的文艺汇演，包括我们在内的三个班级被抓了壮丁。当时准备的演出曲目就是《种太阳》。由于时间紧任务重，除了将每天的课间操替换为合唱排练，周六周日上午带班老师还会带领我们到梭那湖后的小广场进行突击排练。从上午到中午连续不停，仅休息半个小时。五月的太阳虽不毒辣，但经波动的湖水折射晃入眼睛，那旋律就好像趁着冒出体外的汗液的空隙钻进了血液里。第一次听那男人哼起这旋律的时候，先记起的不是我蹩脚地学习成年男性的粗沉声音，不是总有男生喜欢篡改歌词来让女生露出牙齿开怀大笑，而是我的姑姑——父亲家中最小的妹妹，那个威风凛凛的女人。

李饶曾见过她多次，不止李饶，明珠小学三年级的同学都曾或多或少受制于她威严的气势。那年她三十二岁，未婚，脖子上总爱挂着一只红色的哨子。哨子一响，李饶总会用胳膊肘杵一下我，跟我说，她的鼻子又发炎了。这个理由从一开始就不奏效，姑姑听了李饶的请假理由，直说要带她去医务室。李饶扭扭捏捏，深呼一口气后说她感觉好多了。其实，李饶当时并不知道，女生本可以有更巧妙的请假方式，只是青春期离当时的我们尚有一段距离。所以，李饶和同学们一同领略了这个女人的威力。蛙跳、仰卧起坐、四百米……体育课的整整四十五分钟令我们身心俱疲，但这在姑姑的口中，却是让祖国未来的接班人强身健体的不二方式。在学校，姑姑不承认我们之间的亲戚关系，她坚决一视同仁，让我叫她"杜老师"。杜老师的口哨吹响了一个半月，她终于因为过于"敬业"的教学方式而被校长谈话，暂时停职。实际上，她是怎么突然出现在明珠小学的操场上，用她矫健的身体在每个清早的跑道上穿行，然后成为了同学们口中的传闻，我并不知道。问过父亲，他摆出一副不屑的神情，呷一口茶，说一句"谁知道呢"。我隐隐感觉父亲知道，但他没有告诉我。听闻姑姑被停职的那一天，李饶放学后请我吃了一根"驴打滚"雪糕。雪糕李饶只买了一根。给了我以后，她便满含期待地看着找轻捏雪糕塑料袋的四根手指。我问李饶，你不吃吗？李饶摇摇头说，找不爱吃。我怎么会不知道李饶有多么爱吃"驴打滚"，相比我，她或许更爱。所以当李饶试图让我感到不好意思的时候，她便准备开口了。

"你快吃。"李饶催促我。

"嗯。"我撕开了包装袋。伴随着那声清晰的"嘶"，一股白色的冷烟从袋中升起。

"你说……"

"嗯？"我用舌尖轻舔了一下雪糕，被黏住了，再撕扯剥离一定是有痛楚的，只不过被时卜的冰冷麻醉了。

"杜老师，不，你姑姑，不会回来了吧？"李饶装作若无其事地抛出这一句。

我咬下一大口，在口腔里像是个滚刀块，回应的话说不清楚。"你，唔……"

"我是说，你不是也不喜欢你姑姑吗？"

李饶把问题转向了我。

其实，我只是多多少少跟李饶说起过姑姑的事，有的是见闻，有的是听闻。例如，姑姑两段令人啼笑皆非的相亲经历。第一个是个职业院校的艺术老师，弹得一手好古筝。谁知道姑姑在听男方演奏完一曲《十面埋伏》之后脱口而出，结婚后你干家务吗？按我姑姑的意思，她看到男方十根绑有义甲的手指时，脑子里满满都是刻板印象。自那以后，男方再没联系过她，姑姑说对方这是知难而退。第二回，姑姑多了点心眼儿。男方是个健身教练，他问姑姑平时有什么爱好，姑姑娇滴滴地反问，你呢？男方一时尴尬，笑了笑说，运动。姑姑一拍桌子，大喝一声，"好！"然后便约男方第二天一早在市体育馆打网球。男方说他不会打网球。姑姑说那排球也行，要不篮球。当然，这些事必定不是从姑姑口中传到我的耳朵里，按我的猜想，是相亲对象在相亲结束后急于向介绍人"吐槽"，介绍人又遮遮掩掩或添油加醋地讲给我奶奶，来将两个人还没牵在一起的红线彻底挣开。姑姑被挣疼了，她哭了一整个晚上。父亲说他无比想要听听他妹妹的哭声，他说这个凶狠的女人早该遭点报应了。我奶奶对我父亲说起这些事后，我父亲在每个入睡前的夜晚将耳边风吹向我母亲，我母亲又管不住她那张漏风的嘴时不时地朝我吹拂，而我又习惯给我唯一的朋友倾吐所有。本以为这些事会到此为止，从李饶的脑袋中彻底封闭。然而，甚至在我还没能将父亲所说的"凶狠"再转述给李饶的时候，姑姑就来到明珠小学补上了因病请假的体育老师的空缺。

我品尝着"驴打滚"的香甜，话头自然地顺着李饶进行下去。"嗯。我不喜欢她。"

"那我们应该做点什么让她再也不会回我们学校。"

"做点什么？"

"是。"

"可是，我姑姑已经被停职了。"

"停职，那还是有可能回来的啊，你也不愿意再上她的课吧。"

巧克力在我口中融化，我想起那日在书店角落偶然翻到的一本生理知识普及的书。我想起书上所说的男生和女生的不同，想起那些隐晦婉转却让我莫名面红耳赤的文字。我犹豫该不该告诉李饶，或许她早就知道了。但她依然维持着我们的友情，一个男生和一个女生的友情。这似乎又可以证明李饶并不知道。我努力在书上找到一些男生和女生的共同点，但那本书却与我的期望背道而驰。它在指出我们的不同，似乎要生生在两个不同性别的人之间筑起一道高墙。

那天，我吃完了手中的"驴打滚"。在这之前，我接受了李饶的提议。周六上午，我们在梭那湖旁的小广场碰面的时候，李饶凑到我身边，低声问我，写好了吗？我点点头。在合唱排练开始前，我将那张对折四次的纸片飞快地塞进了李饶的上衣口袋。李饶因为我能爽快地与她结成同盟感到满意，她如往常一样拉起我的手，以示友好的同时也带领我走向排练地。这一次，我却下意识地甩开了她。李饶愣了一秒，然后又露出微笑，蹦蹦跳跳地走过去。我们不再在意这些微小的细节，这究竟代表我和李饶之间的友情升华了还是变质了，我不知道。

昨天晚上，我反反复复看了四遍那张纸上的字，一字一句确认，担心有歪曲事实的部分。从这些字眼之中我又读出了父亲所说的"凶恶"，却又觉得这样形容有些过犹不及。父亲说起姑姑是如何砍掉我家门前的那棵香椿树。树是爷爷生前种的。姑姑两年前在我家西侧盖起二层楼房，来往路上都要经过那棵香椿树。有一天她声称被那棵香椿树的树枝划伤了脸。姑姑右边脸颊贴着一块创可贴，问我父亲要怎么处理。父亲不做答复。一旁的奶奶偏袒姑姑，父亲动手要扯下姑姑脸上的创可贴，却被身手敏捷的姑姑轻易躲过。无奈，父亲甩出两百块钱。姑姑骂骂咧咧，收起钱大步流星地走了出去。第二天一早，父亲发现那棵香椿树被人砍掉了。他知道是姑姑干的。他把这件事往肚子里吞，在外人面前称自己一副开阔胸怀。这些事多是有关父亲，若不是因为这个，我万万不会应了李饶的话而提笔。"你作文写得好，对你来说是小菜一碟。"她说。

　　姑姑被学校停职后没几天，我曾在梭那湖畔的长椅处见过她一回，或者说，是我和李饶不走运撞见了她。那次遇见的过程并没有持续多久，只是略显慌乱地应对了姑姑的几个问题，"去哪儿？""你爸呢？"最后，姑姑问出了那个问题，"她是谁？"那个周六上午的合唱排练比以往结束得都要早一些，我和李饶就绕着梭那湖走了一圈。长椅上还坐着另一个肥胖的女人，所以我们当时并未发现姑姑，是她喊住了我。回头的一刻，我一时不知道该叫她姑姑还是杜老师，倒是她率先破坏了自己定下的规矩。姑姑叫我"康康"，那是我的小名，印象里只有在逢年过节一家人拜年时她才会这样称呼我。李饶比我更想快点逃离，她曾跟我说过，"那女人的眼神让我喘不过气。"在李饶的口中，姑姑已经不再是"杜老师"，而成了"那女人"。那天我和李饶道别时，她欲言又止，我猜想从那时起她就已经在预谋这个计划。我没在意，吃完晚饭后闷在房间里干自己的事。那几天我尝试用母亲买给我的口琴吹《种太阳》。我向来是个三分钟热度的人，一年级时主动央求父亲送我去学钢琴，不到一周，只因为那个怪脾气的钢琴老师就坚决不再去上课了。从钢琴到竖笛再到口琴，面对没有实际意义的高额支出，父亲对我只是吃饭时口中埋怨几句。似乎是口琴声引来了母亲，她默默开门的习惯总会吓到我。我始终没有跟她讲我的心事，与李饶类似，似乎一旦说出口，就意味着我和李饶之间的确有一道不可逾越的鸿沟，而我和母亲之间也立起了一架爬满荆棘的栅栏，并美其名曰成长。我承认骨子里我是个抗拒成长的人，但这次我却终于被往前推了一步，跟跟跄跄地，险些摔倒。

母亲问我："听说你们下午去梭那湖了？"

口琴离开嘴唇，母亲的话似乎形成延迟，在乐器声突然消失的时刻显得格外清晰。

"嗯。"

"你从没跟我说过这件事。"

母亲凝重的神色压在我那只握着口琴的手上。我像只溺水的蚱蜢，尾部的气口被死死地按住，眼下能做的仅剩装聋作哑。

母亲见我不回应，以为是默许，于是又语重心长地说："你这个年纪一定要把心思放在学习上。"

母亲的确是发现并且误解了我和李饶的友情。没等我开口解释，母亲便一把夺走我手里的口琴，似乎在她眼里，口琴这种乐器就是为了青春期的男孩女孩彼此传情而准备的。晚上房间外传来母亲与父亲的争吵，附耳听了大概，原因主要是母亲让父亲监督我放学后的行踪。父亲认为母亲小题大做，母亲说父亲不负责任，争吵到后来，母亲甚至向父亲大嚷，她说就是因为父亲的松懈所以现在才一事无成，到头来还要受妹妹的欺负。空气的短促震荡，那一声响亮的击打，像是千万朵凤仙花种同时爆开。气旋席卷了客厅里的一切，只有潜伏者存活了下来。这一切的罪魁祸首都是她！我认定是姑姑向奶奶添油加醋地说了我和李饶的事。

写下那些文字的时候，我一面想到姑姑会如何百口莫辩，最后被流言打击到体无完肤，一面却又在心底隐隐渴望得到她的帮助。击败父亲似乎是让这个家重焕生机的方式。半生低头过活的父亲，从来没有一次真正面对过避无可避的失败。早些年从玻璃厂被辞退，他说这是时运不好，是社会的问题；再后来借钱与人合伙经商被骗，欠下一屁股债，他又说这是人心险恶，是逃不开的教训。父亲也像是个拒绝成长的人。他拒绝接受失败，拒绝面对任何可能揭下他湿滑皮囊的人。所以，有时我便觉得自己不过是父亲的影子，我畏惧的并不是确认自己的身份，而是通过确认，我被迫将一些东西舍弃。

趁午饭时间，我和李饶悄悄将这封信放到了空无一人的校长办公室桌上。李饶释然地笑了笑，然后用那双柔软的手臂用力抱了我一下。李饶说了她必须这么做的原因。当时李饶义愤填膺，声称这是整个班，甚至整个年级同学的一致意愿。为了彻底脱离"女魔头"，李饶半真半假说了很多。她说起一天下课后杜老师找过她，杜老师说自己认识一个患有慢性鼻炎的人，"面对疾病有时候并不是一定要战胜它，学会如何与疾病共处或许更重要。"李饶哈哈笑起来，杜老师到底都没能发现她鼻子里流出的红色液体并不是血，而是红墨水。最后，李饶说杜老师是个又蠢又坏的女人。

上学时，总会有令我们感恩戴德或是恨之入骨的老师。姑姑在明珠小学担任临时体育老师的一个半月里，每次体育课总会有意给我减少运动量。她知道我父亲心脏早些年曾做过搭桥手术，这种心脏病是遗传性的，虽不致命，但总归对人体有影响。母亲只是每年带我去医院检查，无碍，所以我并没有跟老师和同学说起过这回事。于是包括李饶在内的同学总会时不时向我投来异样的目光，似乎在说，因为我是杜老师的侄子，所以才被特殊照顾。这令我很不舒服。我并没有私下跟姑姑提起过，我不想解释，不想与她产生太多交集，最主要的是，我怕她。

那封信发酵的速度比我想得更快。第二天放学回家后，我便看到奶奶坐在我家的客厅里，对着父亲破口大骂明珠小学的校长。我默不吭声地站在一旁。母亲见我比以往要早些回家，高兴地接过我身上的双肩包，说晚饭马上做好了。我比他们任何人都更清楚姑姑做了什么。但此时此刻我站在那里一言不发，听着那些愤怒和哀叹。我一时难以辨别这究竟是不是真的。当真会有人相信那封笔触稚嫩的信吗？只因为上面写了一个女人几段添油加醋的相亲史？只不过，我在那封信上添了几个词——"作风""师德"。父亲安慰奶奶说这些就只是在学校里传传，外面没人在意。我看见父亲那张泛着油光的脸，多么想告诉奶奶，这些事一定会被更多人知道的。那些我们越是极力掩饰的哪怕是错误的、子虚乌有的事情，总会出自意想不到之人的嘴巴。

　　姑姑依然没有出面，她躲了起来，或者，她根本不知道这个小县城的一角发生了什么。她不在乎，也不在意。那天我听见父亲兴致勃勃地打电话与人说起姑姑的事，脸上流露出少有的喜悦神色，仿佛他不战而胜，彻底击败了姑姑。那一刻，我甚至想要告诉父亲，这一切都源于我，是我帮助你战胜了她，是这个他始终视若无睹的影子跳出来改变了局势。我只是在一旁看着，看着奶奶推门而入，说她还是联系不上姑姑。奶奶一着急便会呼吸急促，当她捂着胸口躺在沙发上面如灰土的时候，我终于意识到，这一切都是真的。它真实存在，它从我的幻想里溜了出来，在人间玩闹一番，却躲了起来，没有回家。

　　周六的上午，我们抵达梭那湖旁的小广场后才得知，排练临时暂停一天。所有人悻悻地回了家。我和李饶像是两个上了发条的小人，绕着梭那湖走了一圈又一圈。李饶嘴里轻哼着《种太阳》，她看起来轻松闲适。

　　"我姑姑不见了。"

　　李饶停下了哼歌，她犹豫了两秒，吐出一个字，"哦。"

　　"我没想到……"

　　"她一定是躲起来了。"李饶打断了我的话。

　　"我不觉得。"

　　"难道不是吗？她就是一个色厉内荏的人。"

　　我不知道李饶从哪里学来的这个词，然后如此随意地安置在了这个不在场的人身上。我垂着头，脚步不停，一时间没吭声。

"你看上去不太高兴，怎么，后悔了？"李饶瞄了我一眼。

"不是的。"我急于否定李饶的猜想，以此稳固我们两人的站位。

"后悔了也没事，你可以再写一封信来澄清嘛。"

"别再说这件事了。"李饶的话让我感到一阵不快。

"好，我不说了。"

坐在路旁的长椅上，有一段时间我们什么都没说，只是坐着，看沿湖畔行走的形形色色的人。我的脑袋里充斥着各种关于姑姑的声音和画面，挥之不去。我小声嘀咕了一句："为什么没被当成恶作剧？"如同在劝解自己。李饶毫无反应，她望着远处出了神。顺着李饶的目光追去，我看见对岸那些如同水黾般漂浮的人，他们或打个照面，或驻足攀谈，但无论如何，最终都会飞快地掠过彼此。我看见了，但我其实什么都没有看见，因为我无法完全介入李饶的世界。我只是借由猜想，进入了一个全然自欺的世界。就如同我认为姑姑不知道这件事，所以这些流言并没能伤害到她，充其量只是满足了作恶者不堪的私欲。这样想，让我舒服了一些。

雨是突然下起来的，我想起早上出门前母亲硬要塞进书包里的雨伞。打开书包，无需翻找，一眼便看见了那把红色的伞。这是母亲的伞，我从没用过，只是家中另一把深色的伞被早出的父亲带走了。我撑开伞，见一旁的李饶无动于衷。她说她忘带伞了。汽车碾过后又立即撕裂路面，发出一种充斥着疼痛的声响。我右手撑伞，最初李饶用她的左手搭扶着伞柄，后来渐渐放下了。如此，为了跟上我，她必须与我贴得更近。坦白说，我的确是有意为之，为了测验，测验我和李饶，男孩与女孩之间的那道沟壑究竟有多深。雨水吹落在手臂上透出凉意，为避开水洼而放缓脚步，李饶会时不时碰到我。她的手臂碰到我的手臂，那凉意似乎又消解了。或许母亲说的是对的，我的确对李饶产生了一些不同于同学和朋友的感情。我恋爱了。这件事发生得过于仓促，在我意识到的时候，我突然将伞猛地往右一递。李饶接没接住我不知道，我只是为了甩开她，甚至想再也不要见到她。就像李饶逃避谈起姑姑，我逃避对李饶那尚不明晰的情愫。逃避是人类的本能，我们年纪尚小，无法克服，似乎也情有可原。

姑姑失踪了。电话连着四天打不通，奶奶跟着父亲去派出所报了案。警察在姑姑的房子里大张旗鼓地搜寻可能提示姑姑去向的蛛丝马迹。我趴在大门后窥望，就在这时，我看见父亲偷偷从那张旧木桌上拿起什么东西，然后迅速塞进了口袋。父亲在所有人的身后，所以很可能我是唯一的目击者。

父亲拿了什么？是不是有关姑姑行踪的东西？父亲绝不想姑姑再次出现；又或者父亲偷走了什么值钱的东西，好以此平衡他这些年在姑姑身上受到的耻辱。红色哨子。离开前，我又眯起眼朝那桌子上凝视了几秒，那哨子就一声不响地放在上面。

我记得姑姑曾经用这哨子在课间吹过一些旋律，其中就包括《种太阳》。我竟一时有点想念姑姑。

回到家后没多久，父亲走进来，闭着眼睛倚在沙发上。母亲在厨房乒乒乓乓做饭的声音丝毫没能吵扰父亲。我偷偷瞄他，父亲像只憨态可掬的海豹，双手叠在身前，两只脚交叉成为支点。我明知道询问父亲并不能问出什么结果，但还是把问句推上了喉咙。父亲突然睁开眼睛，想起什么般将手伸入裤子右边口袋。那条黑色的裤子肥阔，是绝佳的掩护。父亲从裤子口袋掏出来的东西，不是什么金银首饰之类值钱的东西，而是一块沙琪玛。可能是放得实在太久，父亲撕开包装时沙琪玛几乎与包装纸融为一体，难以分离。父亲最后还是吃掉了它，代价是他不得不打两次肥皂才能洗掉陷进指甲缝里的甜渣。这块沙琪玛是父亲今天最大的收获。

吃完午饭，母亲去肉食厂上班的途中顺便送我回学校。我坐在摩托车后座上，环抱着母亲长有一层赘肉的腰。每次母亲骑车送我上学，我总会提醒她把我送到距离校门五十米远的路口就好，可母亲依然每次都坚持把我送到学校门口。母亲觉得我是在心疼她，心疼油钱，实际上不是，我只是不愿意让同学发现我到底是个怎样的人。我如父亲，抵抗成长，畏葸不前，对生命中那些给予我爱护和施以援手的人残酷至极。距离校门口仅剩十几米的时候，我听见李饶的声音，循着声音的方向转头，我看见李饶正从我们通常会走的那条小路插入主路。不知为何，我一时心生慌乱，从行驶的摩托车上跳了下来。踉跄几步，双手扶地才算稳住。母亲在身后大喊，在我向校门里奔跑的同时，我只用余光瞥了母亲一眼。她上半身倒伏，双手撑地，就像是暴雨后拦腰折断的一棵树。

李饶追上我，"不去看看你妈妈吗？"

"不用。"我迈着大步，坚定不移地走，无比确信母亲的安全。实际上，母亲触犯了她所不能理解的一个男孩的尊严。那可笑的尊严，在李饶面前却什么都不是。李饶说快迟到了，然后又一次拉起我的手，奔跑起来。

下周一是合唱比赛的日子，老师让我们周日养精蓄锐，周六将进行最后一次集体大排练。地点不再是梭那湖旁的小广场，而安排在学校操场。那天清早，母亲问父亲有没有姑姑的消息。父亲头也不抬地吸食着碗里的小米粥，突然，他放下手中的勺子，哼哼哧哧的声音不知是鼻子还是嘴巴发出来的。兴许他也是一个技艺拙劣的鼻腔音乐艺术家。父亲说不知道。我胡乱塞了几口，抬起屁股要走，母亲一边扯着身上的围裙，一边让我等等，说要送我。我装作没有听到，头也不回地冲出了家门。

抵达操场时，排练还未开始，李饶正在健身器材处，将一条腿压在爬梯的倒数第二栏上。李饶看见了我，朝我摆了摆手。我向李饶走去，停在离她一米远的地方，李饶又摆摆手，我只好走到离李饶只剩不足二十厘米的位置。李饶的嘴巴附在我的右耳上，跟我说："我姐姐昨天来了例假。"

我愣了两秒，难以置信地看了李饶一眼，飞快地低下头去。

"你怎么了？"李饶问。

我一时语塞，"你不应该跟我说这个。"

"为什么？"

我当然知道例假是什么意思，我曾在那本生理知识科普的书上看过，书上有对女性月经的不同称呼，例假、月信、月经。或许对于李饶来说，告诉我这些，是她主动要让我们的友情更进一步，使之更牢固，更紧密。但对我来说，这却更像是某种警告。

"没有为什么。"

"你今天有点儿奇怪。"李饶说着，将那条腿从横栏上放了下来。

《种太阳》的旋律不知从喉咙里穿行过多少遍，老师反复排练的最终目的似乎是要让我们声带的振动形成习惯，以致一开口就机械般地发出声音。那些作为茶余饭后谈资的姑姑的事迹已经烟消云散，有时候我甚至怀疑自己是不是失了聪。姑姑仍旧没再出现，每每经过她那空荡荡的房子时，我的心便越发不安。

合唱比赛我们班得了第三名，看上去老师对成绩并不满意。李饶说总算结束了。是啊，总算结束了。李饶又一次请我吃了"驴打滚"雪糕，这次她也给自己买了一根。李饶舔了一下雪糕，看着我说："我们会一直是朋友的吧。"我说："当然。"

十七岁的我们依然保持着一如往常的友情。直到现在，李饶指着那个鼻腔音乐艺术家说"这样不行，他不张嘴，就没人知道是他发出的声音了"的时候，我才终于从混沌中逐渐意识到究竟是什么将我们黏合在一起。我们认识到彼此的不同，欣然接受随着成长身体发育而产生的肢体距离。也许是命运使然，升入高中，走进新班级看见许多新面孔的同时，我也看见了那张熟悉的脸。我们在新同学面前装模作样地重新认识彼此，虽然我抗拒这一时刻，但还是笑着对李饶说了一声："好巧，你也在这儿。"

那是我第一次见到没有水的梭那湖，因为创建文明城市所需，县城购进了一台抽水机对梭那湖进行清淤工作。沼泽般的湖底，污黑的淤泥上瘫倒着横七竖八的莲叶茎，远远看过去，就像是被坏死的毛细血管包裹的巨大肿物。姑姑的遗体在清淤时被发现。新闻报道一时间轰然而上，姑姑到底没逃开那些眼睛。当天晚上，我发起了高烧，心里发冷，身体却发烫。我不知道姑姑的死是不是与我有关。姑姑不是那么脆弱的人，绝不是。母亲用红糖和生姜烧了一碗水，要我喝下。一鼓作气灌进肚子里，母亲还没走，她问我下午是不是又去梭那湖了，天凉了，受了风。我否认。母亲说她明明看见了，这次和那次，还有以前，我总会和一个女孩一起在湖边走。我心里忽然揪了一下。母亲曾问过我这个问题，我原以为是姑姑告的密。不知从何时开始，我把更多的指望和怨念都安置在了这个已经死去的人身上。我点点头，母亲终于走出了房间。当时写下那封信的时候，我给自己准备了两条退路。第一，这会被当成恶作剧，人们一笑了之；第二，即便真的引起一些波澜，姑姑也会用她向来的威风去迎击。第二天早晨，那张污泥还未被完全洗净的脸再一次出现在电视屏幕上，我突然起身，从父亲身边夺走遥控器，转了台。父亲瞪了我一眼，没等责问我，他便接到一个电话，嗯嗯几声后挂掉了。父亲长叹一口气，他看起来依然是那副懦弱、败落的样子，没有丝毫改变。父亲说法医在姑姑体内查出了肿瘤，乳腺癌，扩散到了肺部。那一刻，父亲、母亲和我面面相觑，我们各有所思。父亲也许会想，他的妹妹不过是个色厉内荏的纸老虎，她也怕死，甚至没等到死亡真正来临便着了急。母亲或许觉得姑姑还没能成婚就结束自己的生命，实在太过遗憾。太早和太晚都不好，但或许母亲也分不清这两者的界限吧。现在，姑姑的死因在我心里从溺死向病死偏移，我说服自己。随着时间的流逝，我发觉这件事的冲击并没有在我脑中削减分毫。我不知道是什么杀死了姑姑。

这天，头戴纱巾的男人提早结束了表演。李饶早已不再拍摄。

"没用。"

"什么？"我问。

李饶晃了晃手机。"把这个丢进湖里，什么都留不下，录下来也没用，再说，他还是不张嘴。"

同样，一个人把自己丢进湖里，又能留下什么？

"你还记得那封信里写了什么吗？"我问李饶。

李饶因我突然的发问恍了神，迟疑了两秒后，摇了摇头。"早忘了。"

"我也忘了。"李饶并没有反问，我只是小声念叨了一句，嘴唇微启，远看就像那鼻腔音乐艺术家一样，但我听到了。我想起小学物理课时曾做过一个实验。老师用橡皮膜蒙住玻璃杯口，并用橡皮筋捆绑固定住，然后往橡皮膜上撒少许盐。老师的食指在我们面前摇摆，最后落在了我的脸上。周围同学的目光朝我聚集，我像是肩负了某种使命般走上讲台。老师让我弯腰，凑近橡皮膜，然后大喊。对，大喊。因羞于在全班同学面前做出这样的举动，我紧闭嘴巴，一声不吭。老师又说了一遍，最后补上一句，"喊啊。"显然，他略有些不耐烦了。同学们开始窃窃私语，扰得我心更乱。老师倏然抬起右手然后攥紧，那些声音就全被收进了他的拳头。然而，安静却更令我心慌，自己如赤身裸体被许多双眼睛一眨不眨地凝视。不知为何，我忽然想起了那封信。投来的目光不是好奇，而是审判。似了再多在讲台上待一秒，这件事便会被发现。因为急于逃避，我深吸一口气，然后用力地喊了出来。伴随着那声"啊——"，我像一个泄了气的气球，失去力量的同时内心也渐渐放松。就在这时，原本静止的盐粒跟随我的声音在橡皮膜上来回跳动，那样有力，恍惚间要跳脱出橡皮膜去往一个全新的世界。我心里竟渴望这口气再尽可能延长一些。

"其实，我有几次都在这儿看到过她。"

"谁？"

"你姑姑。"李饶转了身，面向小广场，"当年排练的时候，我看见她有时候会在那张长椅上坐一会儿。她一直盯着湖水看，看一会儿就走了。"

"你怎么不早说？"

"说了有什么用吗？"

我一时哑口无言。

"你姑姑的死跟我们无关，她可能只是不想因为自己的病把家里掏光，可能因为她被男人甩了，还可能她是游泳抽筋死的，都有可能。这不怪我们，不怪你。"

李饶说完这些话，迈开步子往前走去。我看着她的背影，忽然想起多年前在书店偷偷看过的那本生理知识普及的书。性别、声音或是模样，从来不是区别每个人的真正标准。无论如何，太阳总会无比慷慨地照耀我们。我身上暖暖的，心里却泛着阵阵凉意。似乎那场高烧一直持续到了现在。

此时此刻，我忽然想用尽全力大喊一声，朝着梭那湖面，朝着李饶的背影，朝着我与父亲亦步亦趋的十七年。但最后我只是张了张嘴，哈出一团雾气，并看着它飞快消散在空气里。

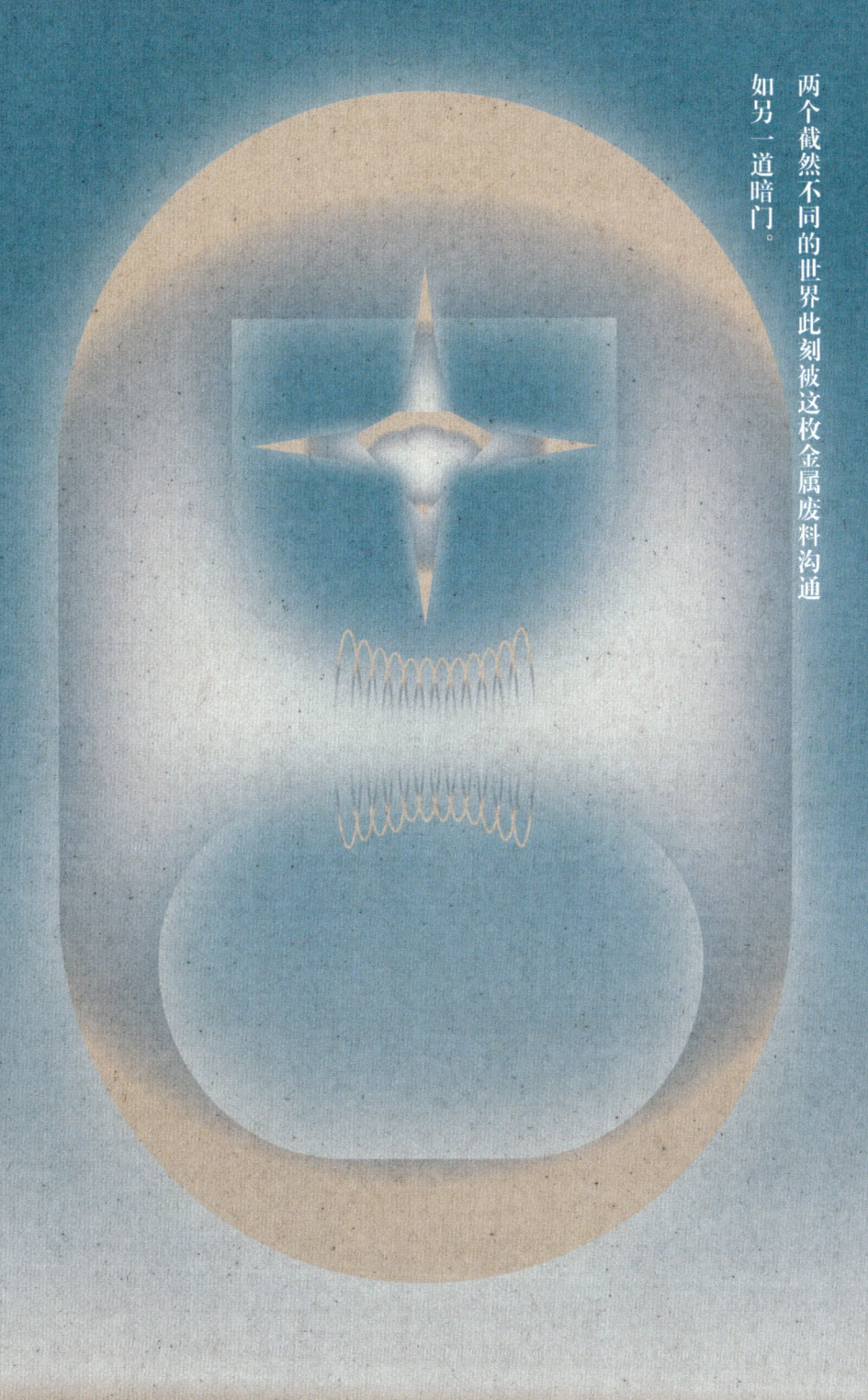

两个截然不同的世界此刻被这枚金属废料沟通如另一道暗门。

父亲是在为自己的失算恼怒，
而不是因为女儿那无足轻重的一个吻。

暗　门

1

　　喜梅左边口袋里藏着一枚易拉罐拉环，来自可乐、雪碧或者其他什么饮料，都有可能。拉环有着近乎螺旋的弯曲弧度，银色的金属光芒，微乎其微的重量。首先，它是废料。从易拉罐被启开的那一秒，它的生命已经走到终点，但曾有年轻的男孩女孩为了懵懂的爱恋给它赋予新的内涵。它是定情戒指的"平替"。即便如此，它的生命也不曾拥有完整的一天。

　　现在，喜梅的口袋里藏有一枚。她紧紧捂着，行走，只有一条胳膊摆动。奇怪的样子，像个笨拙的贼，引人侧目。抵达的时候，杰正和一个陌生男人讨论什么。两人并排，面对一间破旧的棚屋。棚屋里有一匹马。天色昏沉，马是土黄色或是乳黄色，看不分明。喜梅走近，是马先发现她的。马喷着响鼻，扑哧扑哧，脑袋探出栅栏，然后又缩回。杰终于发现了喜梅，他拍了拍身旁男人的肩膀，然后朝喜梅走去。

　　"来了。"杰说。

"我没有迟到吧。"喜梅的左手食指扣在拉环的洞里，像是被卡住了，她扭转角度，顺利脱逃。

"宾客们还在路上，先进去吧。"

陌生男人意味深长地看了喜梅一眼。杰没有向喜梅介绍他，喜梅心想他或许只是杰临时找来杀牛宰羊的屠夫。推门而入，饭馆的装潢变了，杰不知为何迷恋上了西式装修风格。墙上贴着印花壁纸，镶着水钻的顶灯高悬，桌椅被柔软的布料覆盖，一片圣洁。无论如何，喜梅都无法将眼前的情景与半个月前饭馆的样貌联系起来。20 世纪 90 年代末，这间扎在城乡交界地带的小饭馆改头换面，迎接新世纪的来临。

服务员阿雅迎上来，说着一些客套话。从前阿雅的位置属于喜梅，两个月前喜梅离职，去城里叔叔的电子行帮工，但她对电子类的东西一窍不通，平日里只是手握抹布或扫把，清扫灰尘，空闲时坐在柜台后的高脚椅上，像个陀螺转来转去。对门音像店的小哥笑称，这是光叔的新太太呢。喜梅对此置若罔闻，她本以为自己行得端做得正，这些流言蜚语会随时间消散。有一天，一个面生的男人踏进门，竟开口冲她叫了一声"老板娘"，喜梅才觉得事情不该再这样发展下去了。于是当天光叔外出打麻将回来时，喜梅决定找他谈谈。光叔丧着脸，嘟嘟囔囔着把掖在裤腰里的衬衣扯出来，甩了甩，仿佛能就此甩掉一身霉运。喜梅正襟危坐，酝酿成熟正要开口，光叔瞄了她一眼后径直走进卫生间。喜梅此刻正好望见对门音像店的小哥冲她一脸坏笑，手上做着下流的动作。喜梅头脑一热，推开了卫生间的门，谁知光叔竟脱光了在里面冲凉。光叔先于喜梅发出尖叫，中年男人从嗓子眼挤出的怪异声音就这样扼住了喜梅已涌上咽喉的惊叫。喜梅"啪"一声关上门，她看见了，正对着她的那个臃肿肥胖，散发着仿佛能令人眩晕的白光的身体。

再说光叔，四十出头，早些年讨了个老婆，婚后半年老婆独自坐车去城里置办布料，意外死于高楼坠物。他假模假式地哭哭啼啼，嚷嚷着说这是一尸两命，天理难容。他挨家挨户找人索赔，没有结果。其实，光叔那死去的老婆根本没有身孕，他不过是给自己造势，企图打赢这场根本找不出凶手的官司。无法立案，最后物业公司赔付了两万，草草了结。旁人都以为光叔会很快再婚，但至今他都没如这些闲言碎语所愿。他用这两万块在城里租了间不大的店面，开始做起电子生意。也许光叔从这场短促的婚姻里发现了什么不得了的真谛，他信奉着，逐渐换了一种活法。

2

是喜梅父亲搭的线。春节的酒席上，喜梅父亲敬了光叔一杯酒，光叔没有回敬。他说他不能喝酒，对嗓子不好。喜梅父亲哈哈一笑，问光叔啥时候多了这毛病。光叔哼哧一声，让喜梅父亲不懂别瞎说。

这是戏。光叔伸出一根食指放在面前。

不细，挺粗的。喜梅父亲盯着那手指看。光叔不再搭理他。

说正事，老光，让我女儿上你那儿历练历练。

我那儿有啥好历练的？光叔清了清嗓子。

怎么说也是在城里，带她见见世面。

什么学历呀？

什么学历？大，大，中专吧。

喜梅父亲嚎了一嗓子，唤喜梅过来。杰当时也在场，他坐得远，只瞥见喜梅像个僵硬的玩偶般站起身，在人群座椅间左右挪移。这是村子里为数不多的年轻面孔，比喜梅长五岁，与人合伙开了一家羊肉馆。喜梅见他，大多数时候没有称呼，杰也不在意。

喜梅父亲问可不可以，就这么定了吧。光叔一只眼睁大，一只眼缩小地瞄了喜梅几眼，把喜梅看得浑身不自在。喜梅说，爸，那我回去了。喜梅父亲拽着她的胳膊，一直等到光叔点头。这事就算这样定了。

喜梅要跟杰告别。她没有说谢谢关照之类的话，只说我要走了。杰说走吧，以后常回来看看。那语气倒像是喜梅要远走他乡。喜梅没忍住，扑哧笑了一声。喜梅笑了，杰心里也少了些负担。杰猜想，喜梅要走，定是她父亲看不上他这小庙，更因喜梅父亲和他之间愈演愈烈的明争暗斗。当初是他让喜梅来帮忙的，现在被喜梅父亲这样一搞，竟真觉得有些不痛快。看着喜梅离开的背影，杰踢走脚边的一块石头。石头快速滚动，碰到另一块石头。不见喜梅，杰也转身走开了。

　　喜梅帮工的三个月里，杰有一天问她想不想上大学。喜梅愣了愣，她不知该如何回答。对大学的了解微乎其微，只听闻村里前年考上大学的女孩家里卖了地。喜梅家里无地可卖，总不能要求父亲卖房。杰看出了喜梅的心思，跟喜梅说钱的事她不用担心。喜梅还是说不，她摇头，说不想上大学。杰让喜梅再考虑考虑。喜梅觉得这可能是父亲的意愿，供女儿读书是母亲临终前的心愿，只怪自己不争气。喜梅又觉得这或许是杰在逞能，他不止一次在她面前炫耀，以此暗暗与父亲较量。喜梅回去后试探着询问父亲的想法，父亲端着饭碗，呷着嘴说这道菜不错，鱼香肉丝。喜梅说，那我下次再带这个。带？你带回来的？喜梅父亲放下饭碗。那小子饭馆里的？喜梅察觉出气氛不对劲，犹犹豫豫还是点了点头。怎料父亲端着那半盘鱼香肉丝直接倒进了垃圾桶，啐了口唾沫，摔门而去。

3

　　光叔跟人学了戏，整日里咿咿呀呀像喉咙里闷了只苍蝇。音像店小哥说光叔变了性，既是老板，也是老板娘。店里开始放起京剧选段，旦角唱腔，光叔欠着身子来回晃动，喜梅多是回避。自从那日喜梅在卫生间偶然撞见光叔的裸体，她便重又想起那回事。不可能过去的，即便她不作声，当时的情景也无法彻底从她脑中剥离。

父亲生日前一天傍晚，喜梅跟杰请了假，早早下班去城里的商店街买下她心仪已久的礼物，让老板用彩纸包了起来。乘大巴返回村子，院子里的灯亮着，父亲在家，没有去找人打牌。喜梅蹑手蹑脚迈进门，只听见里屋传来物体碰撞的声音，快速而激烈，伴着女人矫揉造作的呻吟声。似乎有某种魔力，受到惊吓的喜梅依然轻轻将门推开一条缝，白花花的身子像藤蔓般缠绕裹紧。喜梅一时没有分清哪个是父亲，那恍惚是一个男人被一条巨蟒吞食的场景。父亲的秘密就这样被喜梅发现了，父亲不知道，喜梅也装作不知道。

当天，喜梅隐在餐桌的一角，父亲使了几个眼色，喜梅神志抽离没有察觉。宾客散去，父亲忍不住还是说了喜梅几句，自然是骂她不懂事。喜梅不吭声，父亲竟因为这没有回音的应对恼了，吼声里牵连出喜梅死去多年的母亲。他说喜梅跟她妈一样，只会装聋作哑，像个残废。父亲摔门而去，喜梅坐在沙发上，右手机械地收拢茶几上的瓜子皮。啪嗒啪嗒，落了泪。

坐最后一班车回到饭馆，杰恰好也在。杰问喜梅生日宴怎么样。喜梅只是点点头，然后起身欲穿越过道、厨房旁的小门回宿舍，却被杰挡在身前。跟我说说吧，你好像有心事。杰丝毫没有让步的打算。喜梅抬头看着那张算不上俊俏的脸，胡茬从两颊蔓延至下巴，她想起昨天撞见的父亲的卑劣行径。她无法理解，母亲的照片就挂在里屋的床头，父亲怎么能对此置之不理。怎么能？怎么能！瞬间，喜梅头脑一热，竟踮起脚在杰的右边脸上快速留下一吻。从亲吻到逃离现场，几乎不到五秒，她甚至没能感受到胡茬扎上她柔软嘴唇的刺痛。留在原地的杰愣了片刻，脸上的那枚若有若无的吻很快绽放成隐约的笑容。杰认为时机成熟了，他即将攻破喜梅父亲最薄弱的一环。

4

假若不是喜梅父亲牵线搭桥，喜梅自己也觉得无法再在杰的饭馆里待下去了。总要碰面，杰是老板，她是员工。第一次，喜梅支支吾吾，说她想要离开。杰装作一脸无辜问喜梅要去哪里。喜梅并没想好自己的去处，思虑不全，一时冲动，僵在原地再也吐不出半个字。第二次，喜梅说她要去城里，有个同学给她介绍了一份工作。杰细问下去，喜梅不会说谎，说是一家蛋糕房。杰问蛋糕房的名字，他说饭馆最近准备推出部分西式餐点，中西结合嘛，潮流。喜梅一时语塞，她知道杰看穿了她的谎言，她懊悔自己当时为何没有编出一个名字。第三次，喜梅说她想去读大学。杰喜出望外，问喜梅是不是说真的。喜梅点点头。杰问她要读什么专业。喜梅心想，大学还分专业，倘若自己随便编造一个，再叫杰笑话，更是不妥。于是再次败下阵，离开的想法暂时搁置。杰更善于隐藏，那个吻当真像是没有发生过。喜梅心安了些。在这一点上，喜梅感谢父亲的及时插手。

喜梅收拾行李走的那天，杰也在，他来来回回在饭馆前踱步，只等喜梅走出来。杰执意要送喜梅，说有日子没见光叔，要去光叔的店里喝杯茶。喜梅无可奈何只得上了杰的车。杰见喜梅坐在驾驶后面的座位，从后视镜里看她，问怎么不坐到前面。喜梅借口晕车。杰说晕车更该坐到前面来，杰不发动车，等喜梅，喜梅又不动，两人于是僵持。喜梅不坐前座的主要原因自是怕被旁人看了去，她已经放弃了报复父亲的想法，不知被什么打败，喜梅满心的垂丧。要是因为父亲，她更该坐到前座，只怕流言蜚语太慢，刀刃太钝。现在，她暂时释怀。

两日前，喜梅在城里书店偶然碰见读中专时的男同学彭达，曾追求过喜梅的他如今戴上了金丝眼镜，考上了当地的一所职业院校。他不再闷头闷脑，甚至能不经意地讲起笑话，逗得喜梅咯咯笑，她捂着嘴巴以防嘴里的口香糖不识时务地飞出来。这种巨大的反差让喜梅仿佛认识了一个全新的彭达。有一瞬间，不知是不是因为书本的墨香熏染，喜梅竟想钻进彭达的怀里。是这个念头，让喜梅觉得自己竟也是个可耻的人。一个梳着马尾辫，身穿蓬蓬裙的女生拎着两杯饮品出现在喜梅面前的时候，喜梅清晰地看见了彭达在面对自己时从未有过的神色，昂扬、眷恋，如一头刚刚成年的马鹿。喜梅回忆起来，彭达的这种神色，刚才没有，读中专追求她时也不曾有过。道别时，喜梅听见女生以一种分明说给她听的音量对彭达说，你怎么总喜欢勾搭莫名其妙的女生？喜梅吐掉咀嚼到没味的口香糖，到柜台结账。《宠物猫的饲养指南》。

三花猫是父亲带回来的，他一个电话打去，喜梅犹豫再三还是回了家。猫性子野，初次见面便给喜梅的手背留了道不深不浅的血痕。它断了半截的尾巴或许正是野性所致。父亲说，还是这样野，一副早已预料的样子。回饭馆的路上，它在笼子里闹腾了好半天。车上人嫌吵，喜梅只好用外衣罩着笼子。终于不叫了，喜梅担心它被闷死，掀开外衣一看，它许是累了，睡得正香。有那么一刻，喜梅觉得这猫是那日与父亲在床上缠绵的女人不要的，扔给父亲，父亲又扔给自己。可她一看这猫的俊俏模样便恨不起来，只是它似乎养不熟。带回宿舍，无论喜梅如何引诱，它龇牙咧嘴死活躲在笼子里不出来。

杰说，把它留在这儿，下次回来还你一只乖猫。喜梅默许，将书也一并留下。车开远后，她终于明白，这只猫对自己而言根本不重要。杰曾问这只猫叫什么名字，喜梅说叫咪咪，实际上他们那里随便一只没有名字的猫都被叫作咪咪，她根本连一个名字都懒得起。

5

几日后，喜梅下了班回租住的小屋，隔不远，看见一群人围着。凑近，喜梅才听见是有人在唱戏。耳熟的声音，见那人浓妆艳抹，身穿一袭白色绣花的戏服，只是那蹩脚的妆容遮不住肥大的五官，阔大的肩膀、凸起的肚皮着实煞了风景。认出是光叔，喜梅本打算就此离开，但身旁的一个中年妇女的一句话又让喜梅停住了脚。中年妇女说，那妖人怎么还活着呢？

光叔开始像圆规一样旋转，转了几圈，踉踉跄跄。喜梅一直站在那儿，身边人换了一拨又一拨，她还在，似乎为了某刻能真的见证光叔的死亡。喜梅原地不动，随着退潮的人群渐渐从外圈挪移到内圈，她几乎就站在光叔面前了。光叔没发现她，或者说他谁都不在意。嗓子哑了，还在大声地唱，声音更像是被扔下沸水里的公鸭。在喜梅眼里，光叔就变成一只被拔光了毛的鸭子，光叔的裸体从旧日的黑匣子里跳出来。鸭子、光叔、戏服，三者结合在一起令喜梅感到恶心。她离开了。无论如何，明天一早，她要跟光叔讲明。

楼上传来捣蒜的声音，快速、精准，捣穿了喜梅那日与彭达重逢的复杂心绪。她打给几个素日偶有联系的老同学，总算问到了彭达的号码。拨过去，嘀嘀几声后，通了。喜梅说，是我。她心想彭达凭声音一定能把她认出来。彭达问，谁？有病。然后挂断了电话。随着捣蒜声愈演愈烈，那恍惚变成男女同床时发出的富有节奏的撞击声。喜梅又拨过去。

"先别挂，是我，喜梅。"

那头沉默。

"喂？彭达，你在听吗？"喜梅焦急地试探。

喜梅已经想好了两人见面的理由——自己想考大学，希望彭达传授经验。从来如此，在即将摧毁什么的时候，她便收手，像母亲的眉眼和脾性。但父亲并不念及母亲的好，所以喜梅越发觉得父亲难以相处。

她听见一阵微弱的声音，像渗透在海绵里的水。捣蒜声减弱，几乎可以听出，那是电话交接的声音。

"我知道你是谁。"

凌厉的女声，仿佛能从电话听筒里伸出一只指甲尖锐的手。

喜梅迅速挂断了电话。躺在床上，捣蒜声消失了。喜梅想，她刚才不就像是被父亲压在身下的女人吗？她找彭达，只是为了满足某种无法说清的冲动，归结于冲动，起码说明她还存有理智。可是，喜梅想，她的归宿最终不还是要交给父亲决定吗？再过两三年，父亲定要给她谋个亲家，有钱或有势，起码要占一样，好在与杰的无形斗争中胜过一筹。

6

光叔换回平常的衣服，喜梅到店之前他已经在店里跷着二郎腿摇蒲扇了。从前多是喜梅先到，吃力地拉动生锈的卷帘门，然后甩掉落在头发上的铁锈。她看见光叔脸上鸡蛋大小的淤青，走近，眼角更有一道血痕。光叔的脸像是贫瘠干裂的土地。喜梅正想过问，光叔就起身往里面的卫生间走去。卫生间里传出冲水的声音。喜梅这次懂得了，无论里面发生什么，她都不会再去开门。十分钟后，光叔抱着一坨灰白色的东西走了出来。滴滴答答，仍往下滴水。等到光叔将这坨东西伸展开，晾晒在门口他那辆飞鹿牌摩托车上，喜梅才看出，这正是昨天傍晚光叔穿的那身戏服。光叔进屋时频频回头，似乎在确认那戏服不会被风吹落在地。

迎面而来，总要说点什么，喜梅跟光叔打了声招呼。光叔没回应，若有所失的神色。光叔走到柜台后，在抽屉里翻找着什么，然后走到喜梅面前，朝她手里塞了一个信封。

"谋个好去处吧。"

喜梅愣了愣，手里信封的重量比之前一个月的薪水似乎要更沉一些。她没有立刻打开，而是问光叔发生了什么。

"不干了，不干了。"

喜梅实际问的是光叔脸上的伤，但细想，光叔的回答却也符合情理。人大多数时候更关心自己，何况两人除了这层叔侄关系，本就没有什么过深的交情。

"跟你爸说声，对不住你们。"

许久没听到光叔正常的男性嗓音，喜梅倒有些不适应。离开前，喜梅朝光叔鞠了一躬，没有多说什么。现在，喜梅更关心自己的命运。刚到宿舍，便接到杰的来电。杰跟喜梅说他有了一条上大学的新路子。大学，由此重新想起彭达，像一条反复搁浅的沙丁鱼重新回到海中。喜梅用稍显兴奋的语气问，是什么路子？杰沉默几秒后说，见面详谈。于是两人约定第二天一早在杰的饭馆见面。挂断电话后，喜梅才觉出杰是在试探她。现在杰已经几乎确定喜梅重回自由人身份，因为明天是工作日，喜梅早晨一般不会随便外出。无所谓了，喜梅叹一口气，打开光叔给她的信封。信封里除了约定的工资以外，还有一幅素描画。画中女人若有若无披一层薄纱，身体的轮廓被粗糙的笔锋凸显。喜梅凝目细看，才发现画中人竟是她自己。画中的她一只胳膊撑着脑袋，悠然地望向电子行外。因为这个角度，喜梅几乎已经猜想到是谁作了这幅画。

7

光叔沿京杭大运河北上，拜会京戏名师。他变卖房产，似乎也是要"不疯魔，不成活"了。除了偶有的一点难辨真假的消息，光叔像被肢解了，融化了，就此消失在这座小城里。

喜梅那日依照约定去了杰的饭馆，但眼前的景象是慌乱而破碎的。饭馆门前围着看热闹的人群，片刻，两个警察从人群中走出，杰紧随其后。杰发现了喜梅，望了一眼，跟喜梅说，先回去，等我电话。警车离开后，人群也渐渐散去，现在喜梅终于看清了饭馆的样貌。门和窗上的玻璃无一例外全部碎掉，饭馆内一片狼藉，如同历经了一场地震。桌椅横七竖八地躺在地上，墙壁被喷涂了混乱复杂的颜色。喜梅离开窗边，想从正门走进去，门失去了玻璃的遮挡，形同虚设。喜梅唤"咪咪"，她企图通过这个可以属于任何一只猫的昵称把那只猫唤出来。在尚未散去的围观者眼中，这更像是喜梅为了进行一些不可告人的行径而做出的掩饰。事实上，有那么一瞬间，她真的是在找她的猫的。不过，喜梅很快觉得自己很可耻，抛下那只猫以后，她几乎再没想起过它。唯独在这种时刻，她重新想起了它，这只可能早已死掉的猫。

过了一周，喜梅始终没有等到杰的电话。饭馆失窃的消息也已渐渐失去热度，人们不再谈论。没有监控，没有指纹，没有目击者，警察一筹莫展，杰只有徒劳的愤怒。

喜梅在宿舍端详那幅画，画中的自己目视前方，她在画里的空间正与画外人对望。这种感觉很奇妙。喜梅用食指轻轻触摸，手指肚便染上淡淡的一层铅灰。如果当真是那个男孩画的，他为什么要用那种脏话骂她。喜梅想起读中专的时候，偶有几个染着黄发的男孩凑在一起，嘻嘻哈哈，朝路过的她丢出俏皮的脏话。喜梅装出恼怒的样子，瞪他们一眼，然后飞快走开。或许，音像店的男孩跟他们是一样的。喜梅终于明白，那些脏话里蕴藏着的微妙情愫，不是纯粹的爱恋，而是掺杂了求之不得的嫉妒。这些虚设的情愫唤醒了喜梅心底的某些东西。她决定去一趟商店街。

8

远远看到，原先电子行所在的店面已经换成一家眼镜店，对面的音像店还在。喜梅一步步前进，仿佛能看到那男孩便足够了。她手里握着那幅画，坚定地要去确认心里的疑问。每天偷偷望向那家音像店，喜梅却未曾踏足过一次。偶有几次，光叔去那里买磁带，喜梅瞥见男孩埋下身子翻找时，从柜台的玻璃板内露出的若隐若现的脸。喜梅记得男孩骂她的话，首先，她要悉数奉还给他。可当喜梅踏进音像店门，与男孩四目相对，却无论如何都开不了口。看着男孩局促的样子，喜梅不作声，迈着故作姿态的步子在架子间来回走了两趟。终于，她停在男孩面前，拿出那幅画，展开，问是不是他画的。男孩霎时红了脸，摇头说不是。真的不是？喜梅问。不是，绝对不是。男孩决绝地点头又摇头。

就这样，喜梅离开了音像店，没有回头。她想，这个男孩跟彭达其实是同一种人，面对内心，既软弱无力又卑鄙不堪。这幅画是如何出现在光叔手上，光叔又为何将这幅画转交给她，喜梅已不愿多想。

租的宿舍即将到期，光叔给的钱所剩无几，喜梅迫切要找到别的出路。杰打来电话，问喜梅上大学的事还有意愿吗。喜梅不置可否，问杰有什么法子。杰说，有个法子，不过你先要向我保证。保证什么？喜梅问。不跟你爸说。为什么？喜梅在探杰的底。沉默后，杰开口。实话告诉你，饭馆被砸是你爸搞的。为什么？喜梅问。杰避而不谈，佯装受害者的模样说，你爸把一切都毁了。我不相信。喜梅说。你还以为你爸是一个大善人吗？他帮寡妇提水还不是因为想和人家睡觉。还有你知道你妈是怎么死的吗？喜梅当然知道，但听外人说父亲的坏话，喜梅心里还是感到难受，即便她心里已经渐渐认定父亲是一个卑鄙无耻的人。

挂断电话后，喜梅没多久便接到父亲的来电。父亲让她回家一趟。没有犹豫，喜梅踏上回家的路，她并不敢当面质问父亲，她甚至能够想象父亲破口大骂说她胳膊肘往外拐的样子，那种迅速升腾的怒火令喜梅胆战。

父亲在家里等喜梅，一脸深沉，见喜梅进屋，他叹了口气。卷起的灰尘飘飞后缓缓落定，依然是这个家的一部分，恒久的存在。父亲决定挖出一个秘密，喜梅母亲的死。

9

　　一切都来得仓促，所以显得虚假。喜梅察觉到了，杰所说的可能并非全都是真话，但也有可信的部分。父亲将喜梅母亲去世的罪魁祸首生硬地指向了杰，声称是因为杰那天开着货车撞上了母亲，才使得怀胎八个月的母亲一尸两命。当时六岁的喜梅抱着父亲的小腿哭，直到她懂事之后才听人说起有关母亲死因的另一种说法——那天父亲喝多了酒，粗鲁的房事导致母亲早产，父亲抱着下身被血染红的母亲从屋里跑出来。这个景象是陌生的。那天她在姥姥家，热烈的盛夏，除了喧嚷的蝉声，她努力回忆起来的无论如何都只剩下饴糖甜甜的味道。

　　"够了，别再说了。"喜梅打断了父亲，她从不知道父亲可以卑鄙到这个地步。"我不知道你们两个之间有什么恩怨，但请您不要拿我妈开坑笑。"

　　父亲被喜梅的态度惊到了，"你现在是在教训我吗？"

　　喜梅沉默。沉默并不奏效，父亲开始发狂般大喊大叫。喜梅终究无力与父亲对峙。

　　"为什么不说话，不是要教训我吗？啊?！"

　　喜梅的身体不禁颤抖了一下，随之应激般朝空气中胡乱揶出一把刀。

　　"我亲了他。"

"什么？"

"我亲了他。"喜梅重复了一遍。

"谁？"

几秒后，喜梅还是完成了对父亲的报复，即便这报复心长力短。喜梅自知她并不是一个头脑聪慧的女孩，但此刻，喜梅终于明白，无论是在父亲还是杰的眼里，她仅仅是一枚牵制对方的棋子。父亲是在为自己的失算恼怒，而不是因为女儿那无足轻重的一个吻。

喜梅不顾一切地吐出那个名字，她抬起头，盯着父亲那双仿佛能把人剜出血的眼睛。

"杰。我亲了他。"

10

半个月的时间，杰的饭馆改头换面。马棚、水井、霓虹灯以及几乎无死角的监控系统，杰为此付出了更多心血。这次宴会虽以杰父亲七十大寿的名义举办，实则是杰为了向亲戚朋友们证明自己。喜梅知道杰的矛头指向的是她的父亲，不过，她并不确定父亲会不会来。上次争吵后她再没过回家。没有父亲的消息，日子如常，只是她却更加惶惑了。

喜梅续租了那间宿舍，接一些串珠、纺织的杂活。一日，她收到一封彭达的来信。信里是道歉和懊悔，他写他不该做一个懦夫，其实他的内心一直留有喜梅的位置。放下这封信，喜梅拾起床上的针线，一不小心将手指刺出了血。鲜红的血扩散在口腔里的味道又咸又甜，让她想起外婆的饴糖。直到现在，她依然没能改变自己。她的存在，像口腔里的血一样很快被唾液稀释。也许杰说的那些话是真的，关于读书，关于大学，那对她而言可能是最好的出路。喜梅打给在村委会工作的婶子，拜托她探问村里那个考上大学的女学生的联系方式。挂掉电话后，喜梅又泄了气，她觉得自己是在异想天开。凭她的能力，恐怕拼了命跳着高都摸不到大学的门槛。遥远的、未知的部分，也积郁成了她的一个心结。喜梅想，正是因为她永远有这样的时刻，所以每当要迈出一步的时候总被旁人左右。父亲的强硬干预，在她十九年的生命里从没有退场。

11

喜梅用右手食指触碰口袋里的拉环，试探般摩挲锋刃，丝毫没有感到疼痛。她走进厨房帮忙清洗食材，主厨王大哥突然指着砧板上的一块肉，问喜梅，知道这是什么吗？她心绪不宁地摇了摇头。猫肉，那只猫。王大哥嘴角露出诡秘一笑。喜梅手臂上汗毛顿起，瞪大了眼睛。哈哈哈，骗你的。王大哥的表情像是电视转台，而喜梅还惊魂未定。那只猫对她有那么重要吗？从父亲那儿接手，本就是被丢弃的存在，它被剥皮去骨真的让她感到心痛吗？喜梅不知道。

晚些时候，大厅里人声鼎沸，喜梅探出头去，扫视一番，没有父亲的身影。她缓了一口气，似乎本就不想父亲出席。晚宴正式开始后，喜梅坐在靠近厨房的角落位子。杰上台讲话，第一个节目开始。

一阵哗然中，喜梅一眼认出了那身白色戏服。飘飘然，拘着丰腴的身体，光叔从台上回身，咿咿呀呀一声，那怪异的嗓音就如抽穗般散开了。喜梅回头打量台下众人，与那天围观者脸上的表情并没有什么不同，但此时此刻，喜梅却在心里感到一阵激越。那台上无论怎么着都与美无关的身体，竟在嬉笑声中渗透出一种倔强至忘我的力量，此前从未察觉。这一时刻，喜梅从心底对光叔升起一股敬意。

第二个节目，上台的正是在马棚前与杰交谈的男人，他身穿黑色西装，挪动一个巨大的箱子至舞台中央。大变活人。男人自报节目，扫视着台下寻找助演者，目光最终锁定在喜梅身上。喜梅推手婉拒，可男人并无换人的打算，喜梅无可奈何，走上舞台。

她终于暴露在一片明亮的灯光下，绯红的脸颊与焦灼的内心一览无遗。喜梅依照男人的口令走入那个箱子，随着箱门被缓缓关闭，她的世界变得一片漆黑，这黑色给了她重新呼吸的气口。几秒后，她听到有人在身后叫她的名字，她努力辨识声音的方位，接着暗门被打开，柔和昏黄的灯光一时有些刺眼。她看见了，门外站着的人是杰。

"吓到了吗？"杰笑了笑。

"没。"

"你像是吓到了。"

喜梅仍驻足原地，迟迟没有踏出暗门。杰像是特意在这里接她，这个空间里此刻只有他们两人。喜梅随时可以行动，用口袋里的那枚拉环，飞快地在杰的喉咙上划出一道口子。借由这个口子，也许会有美丽的血花飞溅，一切恩怨都将随之了结，大变活人的魔术也将带给观众一场特别的盛宴。

这时，喜梅突然听到了什么别的声音，藏在幽暗里——微弱的，依然充满倔强的叫声。

12

那只猫不知从哪里跳了出来，蹿到杰的脚边。它还活着。喜梅凭借只剩下半截的尾巴确定那只猫就是它。喜梅想叫它的名字，却一时语塞，觉得不该唤它"咪咪"。激动、庆幸，继而被羞愧占据。这只猫于她于父亲似乎从来都是可有可无的存在，而她和它在某一刻又是多么相似，这种想法令喜梅的心底又多了一丝微不足道的安慰。它闲庭信步来回几次，目空一切，任意驰骋在它的疆土上，然后踏入了暗门。

叫声更清晰了。它像团浮游在阴影里的幽灵，肆意地扩散它坦率的心声，只是所有厌恶它叫声的人类都不能彻底听懂。它依然叫着，音量有增无减。它盯着喜梅，两只眼睛暗淡如隐没在月亮背后的星星。被什么牵引，喜梅蹲下身，它竟没有躲逃，与喜梅保持着若即若离的距离。喜梅掏出那枚始终被她藏在口袋里的易拉罐拉坏，戴在了左手的无名指上。

不是关于爱恋的承诺，不是企图毁灭一切的杀意，不是确切到让对方退无可退的意念。此刻，那只猫缓缓走近，伸出舌头一下一下舔舐着喜梅手上的拉环。柔软化解了坚硬。两个截然不同的世界此刻被这枚金属废料沟通，如另一道暗门。

喜梅不敢动弹，生怕拉环尖锐的边角划伤猫的舌头。她恍惚觉得这只没有名字的猫就是小时候将饴糖含在口中不忍咽下的自己，盘根错节的纠缠都因这甜甜的糖而变得无关紧要。这时，传来一声马的嘶鸣，袅袅余音环绕在她脑袋上方；接着，仿佛咔嚓一声，藏在更深处的另一扇门被打开了。她听见了，只有她能听到。

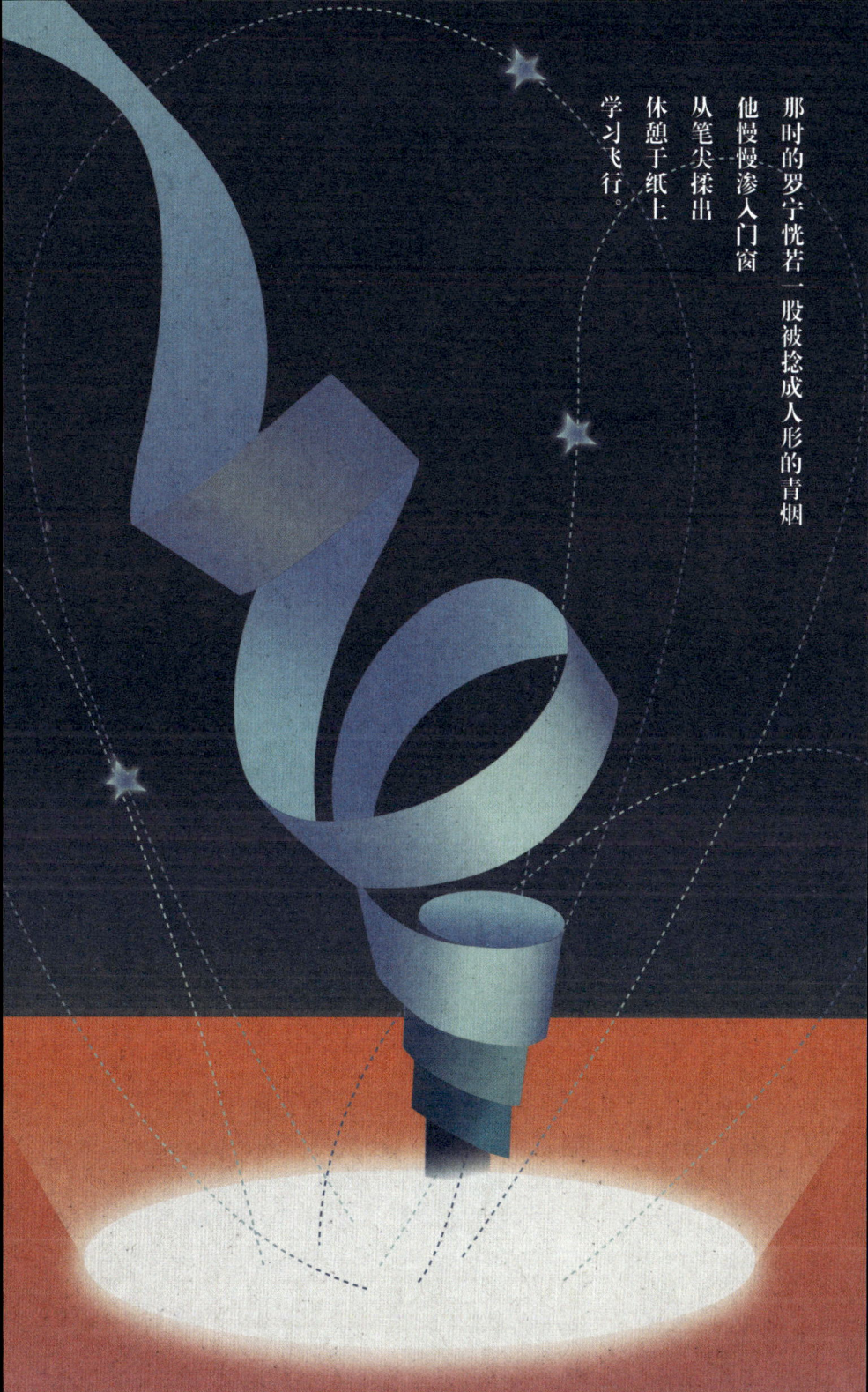

那时的罗宁恍若一股被捻成人形的青烟
他慢慢渗入门窗
从笔尖揉出
休憩于纸上
学习飞行。

你要当心，必须在半空中飞行。

伊卡洛斯的春天

他有某地要去，太阳落进绿波——

A

　　某天清晨，我爹、我娘、我哥还有我挤在一间不足十平方米的小瓦房里，喝着清澈见底的小米粥。当叩门声响起时，我们四个不约而同地端住碗不敢动弹，佯装成家里没有人的景象。但好赖不赖的是，家里一只老黄狗一辈子没怎么叫唤，偏偏在这时开始狂吠。门外的人开始跟我们解释，他说他是外国人。当时我听见"外国人"三个字莫名激动起来，以为他是外来的救世主，是来解救我们脱离苦海的。这已是很多年前的事了，那时我们的国家有一个好听的名字——鹿。

　　罗宁，我面前这个男人，做出一副非常信任我的样子。他站在烈日下，地上的影子似乎正冒着青烟。我问他为什么不回去，回到兔国。罗宁说他的家没了，那里只是一片废土，何况现在他在鹿国已经有了家室。现在，我想要做一些说明，我们这个世界的国家究竟是通过什么方式命名。这是一个动物世界，你也许认为我们足够热爱动物，你也许觉得人类终于能够和动物们和谐相处。青蛙现象、蝴蝶效应、鳄鱼法则，动物始终在我们的世界中扮演着重要的角色，看来我们终于意识到了这一点。需要声明的是，这并不是出于什么环保理念。现在鹿国出现了新的运动，而每当出现一种运动，都有可能意味着我们的国家即将进入下一个发展阶段。现在是鹿，下一级是狼，也可能发生多级跳跃，但那也意味着从前被称为狼的国家要因此降为鹿。这次是绿色运动，我们就像是被困在玻璃罩里的白鼬，等待氧气一点一点耗尽。

当罗宁出现的时候，我以为这场运动终于结束了。他用半个小时说完了他的故事，他的鹿国语说得很糟，我大概只听懂了一半。我问他是怎么找到我的，罗宁手舞足蹈地说，是一个戴着羊毡帽的老人告诉他的，他说我是个作家。我惶恐至极！我说我并不是什么作家，我只是个誊书稿的。令我感到奇怪的是，听说那个老人早在半个月前就死了，所以我怀疑罗宁说了假话，因而接下来我所讲述的也请不必全然当真。在某种境遇之下，人不仅会说出需要坦白的事，还会说出想象中那些能够取悦握有你命运之人的事。就像现在。罗宁最后请求我写下来。我说我尽量，我从没写过故事。他不停地恳求我，好像要硬生生地把文字挤到我的笔尖，使之成为断断续续的墨点。

我坐在小板凳上，趴着炕沿，草纸在油灯下更显暗淡。父亲明知我这是在自投死路，却默不作声，我们全都陷入一种巨大的怅惘里。有些细节我忘记了，罗宁并没有留下他的地址，只是说一个月后来取，并会给我们带来丰厚的口粮。

不幸的是，几日后，我被拘捕。有人告发我在家偷偷谋划一场暴动。这简直荒唐！我只想永远做一个鹿国的好公民，我不是激越分子，也算不得保守落后。在还没弄清楚是谁污蔑我之前，我被关在了一个不足三平方米的小屋里。以下的文字都是在这个小屋里完成的。他们给了我纸和笔，他们在观察我，像观察一只动物。我并不是非要写下去，我可以什么都不写，留下一摞空白的稿纸，然后等待判决。可是我觉得我应该交代点什么，不能说太多，也不能什么都不说，于是我只有在这两者间不断摇摆，制造迷乱的假象。

B

伞包被整齐地放在枕头旁，罗宁说，我记得那件事开始的时候，从一架被称为"123供应者"的飞机上降落下好多好多人。有的我认识，有的不认识，那就像是在下雨，雨点大到可以看清被包裹在气旋里的他们每个人脸上痛苦的表情。当时飞机上只剩下他和我两个人，也许再过十几秒，这架飞机就要像一根萝卜一样栽进某处丛林，然后截断，爆炸。我们都会死。

"他是谁？"

罗宁终于注意到面前的这个人，小武，不是他们中的一个。他只是一个驯兽师，一个整天跟老虎和狮子待在一起的男孩。十五岁的男孩，头发还很柔软，他可以把自己的整条胳膊塞进那只叫莉莉的狮子巨大的嘴巴里，等上十几秒，然后再完好无损地取出来。罗宁清楚记得，有一次，小武甚至在这十几秒里同时跟一只老虎接了吻。

小武问罗宁今天怎么回来得这么晚。罗宁从口袋里掏出了一个器物，小武凑近一看，发现那是一把弹弓。小武在手里把玩了一会后放回了桌上。罗宁倚靠在木板床的栏杆处，脱下身上发臭的衣服后，从床底下的包裹里找出另一身换在了身上。

"莉莉找到了吗？"罗宁将换下的衣服叠了叠，挂在栏杆上。那衣服就像是被秃鹫挂在树枝上的腐肉一般俯瞰着坦荡如砥的床铺。小武摇了摇头，没说话。

"迟早会习惯的。"罗宁拍了拍小武的肩膀，走出了房间。

莉莉的笼子被放在最外面，大门敞开，就像是它会自己回来，然后用它那只厚重的爪子将门关上一样。莉莉确实是一只极通人性的母狮子，它一直以来都非常听话。每当罗宁要打开笼子，准备进去清洗的时候，莉莉都会安静地伏在角落里，瞪着它那双美丽无比的眼睛，看着这些雪白的泡沫逐渐变成黑色的石头。直到清洗结束，它都一动不动，这个笼子也因此并不像其他笼子一样，遍布深深浅浅的抓痕。这是一个令人安心的笼子，而就是因为这样，莉莉的出逃才让罗宁觉得匪夷所思。

凌晨一点多，罗宁清洗完了最后一个笼子，或者说，他腾出了这最后一个笼子。罗宁发现，笼子里的那只猴子不知在今天什么时候死掉了。罗宁用铁锹将它架出了笼子，放在一边，并为它盖上了一块发黄的布。那是罗宁的束口袋，今天他换了一个新的。

小武劝罗宁把那个伞包扔掉，这样罗宁就不会这么恍惚了。"如果你不想丢掉这份工作的话，你应该把它丢掉。"罗宁听完小武这句话后走出了宿舍，要去见团长。他知道团长要问他什么——关于那只死去的猴子。

"小宁，跟着我有多久了？"

"两个月了，团长。"

简陋的棚屋里，一个头发卷曲的四十岁男人正坐在 把木椅上，目光时不时扫向罗宁的侧后方。男人的话语虽不算密，但一句接一句的，都牵引着罗宁的心绪。

"两个月了。"男人若有所思。

"团长……关于那只猴子……"

没等罗宁说完，男人便摆了摆手，罗宁咽回了还未出口的话。

"死了就死了，××走了，昨天中午，留下一张纸条，然后就走了，就他妈这样走了。"

罗宁大概了解，团长所说的这个 ×× 正是团里的耍猴表演
者。

"走了？"

"走了，不过他死定了。"

罗宁走出棚屋的时候，耳边仍回荡着团长的话。罗宁看见
小武正用自己昨天在集市上的垃圾桶边捡到的弹弓打鸟。小武
的束口袋现在看上去沉甸甸的，他不停从里面取出果实的核，
瞄准正在枝梢上来回跳跃的鸟。在小武发射出那枚果核之前，
远处的丛林里传来一声巨响，藏在密林里的一切几乎都被赶了
出来，自然包括那只已不知去向的鸟。两个月了，还没有结束。
罗宁忽然有一种感觉，这声巨响是来找他的。

在那声巨响的回音里，罗宁看见小武抱头飞奔进营帐内，
马戏团内传来各种动物的吼叫。罗宁分不清它们到底是在示威
还是在恐惧，他只看见了在他面前不远处，那把弹弓躺在地上，
就像一副年岁已久的假牙。

罗宁在这天的午后上了路。关于该如何才能找到那个 ××，
他没有头绪。罗宁并不知道 ×× 的名字，×× 只是他的代号，
同样也不知道他家的住址，只不过偶然碰过几次面。这两个月
里，罗宁只有几次见过 ×× 和那只猴子同时在场，大部分时间
他们也是藏起来的，似乎在商量一个巨大的阴谋。罗宁去了商

市，他走进一家快餐店，点了一份番茄鳄梨汤，并将那碗汤喝得一点不剩。两个月了，他仍旧没有习惯这里的饮食。

罗宁在快餐店里看到了一个长得很像万布的男人。他心想这不可能，万布已经死了，没有人能从一片冒着熊熊烈火的飞机残骸中活着出来。飞机坠落前最后的时间，一秒一秒地在罗宁心里流过。他听见万布跟自己说，我们可以活下去，可以回去。在这之前，多次的跳伞练习罗宁都没能成功。每次罗宁都在心里一遍又一遍地鼓舞自己，但无一例外，每次他都涕泗横流地瑟缩在机舱的最里面，看着那片被蓝色海洋包裹着的碧绿丛林，看着一朵朵撑开的伞花消失在绿色的深处。他不敢再看了。不知从第几次练习开始，大家已经不再嘲笑他了，所有人都认定罗宁是个贪生怕死、胆小如鼠的人。

事情发生的那天，同样是一次练习，事情毫无征兆地发生了。前一天晚上，罗宁的伞包不翼而飞，他以为是自己将伞包遗忘在了飞机上。等到第二天登机后，罗宁找遍了整个机舱，根本没有伞包的踪影。他满头大汗，但不敢向长官报告。这只是练习，最终他们会安然无恙地降落，罗宁不停地自我安慰。退一万步说，即便伞包没有丢，他可能依然不会跳下去，所以丢与没丢并没有什么实质性的差别。

一声巨响后，飞机开始剧烈摇晃，机舱破裂，浓烟滚滚，舱内其余几个人纷纷跳了下去，甚至连驾驶员都做好了跳伞的准备。罗宁没想到，万布，这个始终瞧不上自己的老乡，竟然还留在机舱内。他听见万布说可以的，我们可以活下去，可以回去。此时的罗宁已经被恐惧击溃，丧失了清醒的意识。罗宁最终记得的是，他是被一股力量推出机舱的。他闭着眼睛，风像刀子一般划过他的脸，在降落至开伞的最后高度时，他摸到了自己身后的伞包。罗宁像一只羽毛摇摇晃晃地飘荡在空中，他看见他们的飞机像一根萝卜一样栽进了丛林，一声轰然的爆炸，一股热气蒸腾而起，将他弹开，罗宁降落在了清澈的海面上，他身上的伤口被海水刺得生疼。现在，罗宁只顾着拼命地往岸边游。小武曾经问过罗宁，你不上学吗？不上，罗宁回应。那你之前干什么？我是说，你总要找点什么事干吧。罗宁想了想说，伞兵，我是伞兵。罗宁听见小武发出的大笑声。罗宁闭上眼睛，尽可能将那笑声设想为猴子的乞食的叫声。他觉得小武也是个可怜的生物。

长长的商市里飞扬着各种热带水果的香气，罗宁站在一个摊位前，看着一个深色皮肤的小男孩手里握着一枚飞镖，正瞄准圆盘上红色和绿色的气球。男孩显然并不擅长，罗宁问男孩，他瞄准的是哪个。男孩突然被打断，有些手足无措。红色的，他说。奖品是什么？罗宁接着问道。一枚山竹。你喜欢吃山竹？男孩点了点头，一只眼睛闭着，另一只眼睛继续瞄着圆盘上的红色气球。罗宁从口袋里掏出了几枚硬币给了男孩，并告诉他，去买山竹吧，足够买两个了。但男孩在掷出手中的飞镖后仍没有离开摊位。罗宁在不远处看着男孩，他输光了所有的钱，包括罗宁给他的。两枚飞镖都掉落在地上，红色的气球在圆盘上随风晃动。吃山竹和掷飞镖之间也许存在着某种联系，它们都可以令人感到快乐。罗宁想，如果男孩的母亲在就好了，那么男孩一定可以吃到山竹。他想他的母亲了。罗宁记得万布曾跟他说，苹果落下并不是因为万有引力，而是因为人们想吃苹果的愿望。他们都曾满腔热血，无比相信精神的力量。

　　闲逛至日暮时分，罗宁站在一家放映厅门前看着海报上婀娜多姿的金发女郎，揉了揉口袋里的几枚硬币。正在罗宁打消念头转身之时，他忽然看见了××。罗宁确定那是××，他一眼便认出了那人后脑勺上三厘米长的疤痕，像一枚弯月。

　　"我得去，我必须去。"

　　××坐在了一把藤椅上，屋子里的灰尘飘飞起来，融进暖黄色的夕阳里。罗宁远远地尾随××，跟到了他家门口，像个小偷一样靠在门外，侧耳倾听。

　　"去哪？"屋里传出一个女人的声音。

　　"去打仗。"

　　"根本没有什么仗需要你打。"女人的声音里尽可能透出坚决的意味，但听起来仍掩不住脆弱的内核。

　　"你看不到吗！你的针线能改变这个国家吗？"

　　"你该去上学的。"女人的声势弱了下去。

　　××是女人的儿子。罗宁站在门外，挡住了外面越来越稀薄的光，屋子里越来越暗，没有人开灯，也许根本就没有灯。

"你去了能做什么？耍猴给虎国人看吗？"

"砍柴、打水！砍柴打水总需要吧！"

女人沉默了片刻，摇了摇头，嗫嚅着："你别去，你不会想去的，那跟你想象的根本不一样。"

"所以我就是不能去。"

"这样最好……"

"行，那就闭嘴，让我睡觉。"

××从藤椅上起身，走了几步，然后躺在床上不再说话，屋子里近乎完全黑了。这时外面的街灯突然亮起，屋子宛若一个黑洞，外面的光正从无数缝隙里被吸进屋内。门突然开了，女人发现了站在门口的罗宁，四目相对，罗宁有些不知所措。

"你是哪位？"女人问。

"你说得对。"

"什么？"女人停在原地，愣着。

"你说得对，他不能去打仗。"

"该死的！"××从床上一跃而起，飞快地蹿到门旁，扯开了电灯开关，整个屋子陷入一种明黄的温暖中。三个人现在都看清了彼此。罗宁这才看清女人哭了，她脸上两条深深的法令纹里流淌着某种明亮的东西。

"帮你拿一个。"万布从罗宁的手中拉过一个包裹，"这么沉，你拿了些什么？"

"没什么，我们快走吧，被我妈看见就走不了了。"

罗宁和万布像两个小偷，避开大路，只挑那些人流稀少的小路。在几袋行李的重压下，罗宁还是犹豫了。他问万布，这样走了好吗？罗宁怕了，他并不知道自己即将要面临的是什么。他对于战争近乎一无所知，不懂拿枪，不懂放炮，发育不足的身体就像一只虾米。罗宁不停地吞咽唾液，直到口腔变得干燥如纸，舌苔跟上颚产生巨大的摩擦力。万布歇了歇脚，看着脸涨成猪肝色的罗宁，跟他说，不想去了可以回去，"如果你和你妈都想被饿死"。那条路又漫长又曲折，直到天色暗下来，两人才走到参军的报名处。

"我也可以这样跟你说，你可以选择一走了之，但如果是为了你自己心里那点东西，还是免了。你不是去杀人的。"罗宁看着 ×× 说道。

"你根本什么都不是！"

罗宁沉默了。女人没吭声，自顾自走出了小屋。女人经过的时候，罗宁再次闻到了那股味道。他终于想起来，那是一种发酵的味道，他时常在自己母亲的身上闻见。

"你该留在你母亲身边，她需要你。"

"什么都不能牵绊我。"×× 的态度很坚决。

"你也许会后悔的。"

"我们活成什么了？"

罗宁听懂了××的意思，他很想告诉××自己就来自下一级的国家，那里跟这里没什么两样。

　　"你知道，我可以把你抓回去的。你也知道，等着你的是什么。"

　　"我什么都没做！"

　　"可他们不会听你的。"

　　"是他们害死了它！我早就发现了。"

　　"什么？"

　　"它不是在笼子里死的，那不是它。"

　　罗宁一头雾水地看着××，××仰起脸的一瞬间，罗宁看见××脸上的一滴泪啪嗒一声砸进了地里。

　　"它是谁？"

　　"那些炮响……他们已经来了。该死的虎国佬，是他们杀了它。你也会死，我也会，我们所有人都会。我的一个同学已经死了，他是被炸死的，我连他的脸都看不清。"

　　不知是夜里几点钟，罗宁从小屋出来，沿着一条不知名的路走着。越走，他越感到自己的整个身体在拼命地往下坠。走了一会儿，罗宁看见不远处的亮光。那亮光像是一个小丑的脸，哭唧唧的，也在狞笑。越走，他看得越清楚。突然，前方不远处传来巨大的爆炸声，那声音像是要把这个没有星星的黑夜轰得粉碎。罗宁趴在地上，不敢动弹，飞上天的沙土逐渐掉落下来。接着，前方传来各种人声，嘈杂一片。罗宁浑身颤抖，他始终保持着匍匐的姿势，直到声音消失。罗宁终于站了起来，他回想起那成为废墟的供应者号和战友们四分五裂的身体，知道自己早晚要越过它，并且他知道界线那边是什么地方，就像知道死亡那边是什么一样。那依然是他的恐怖时刻，惨淡的月光下，他看见前方的草生长于一片红色的土地，鲜红色，冷冽的。他再也不愿回想一遍。

"所以，你没找到？"

团长抽着一支雪茄，两条腿架在桌子上，说完后，从口中缓缓吐出一个烟圈。罗宁没吭声，低着头，听见团长笑了一声。

"我知道他住哪，我可以让他给那只猴子殉葬。"

"团长，我可以。"

"可以什么？"

"代替他。"

男人大笑了几声，将两条腿从桌子上拿了下来，一条胳膊支在桌子上，看着罗宁："代替他？你知道如果我把你交给虎国人你会怎么样，这里不是他妈的逃兵流放所。"

"我不会让您失望的。明天，明天请允许我代替他上场。"

"猴子已经没了。"

"我见过一种更刺激的表演，相信您会喜欢的。"

"不是让我喜欢，而是观众，懂吗？"

罗宁从棚屋走出来，看见小武手里握着他的那把弹弓，站在门外。罗宁走上前，从小武手里拿过弹弓，然后拾起一粒石子，包在弹弓的橡胶内，瞄准，发射。几秒之后，一只蜜鸟从树上掉落，它的身体像一个快乐的螺旋体。小武看着这只鸟掉落，小小的身体消失在草丛中，再没能飞起来。他大喊一声："打到了！"此刻罗宁的耳朵里响起了一个声音，那个声音听起来充满怨怼、鄙夷和嘲笑。

"你是个逃兵，是个逃兵……"

傍晚时分，下了一场雨，空气里飘着的硝石味销声匿迹。

"虎国人登陆了，就在离这不远的海滩上。"从那片海滩往内陆走，用不了多久，就是他长大的小镇。罗宁听说他们身上带着精进的武器，他们会在脸上用颜料画橄榄绿和靛蓝色的线，他们不仅瞄准丛林，也瞄准天空。他们恨不得蒸发掉更多的海水，换取平坦的土地，扩展自己的版图。

罗宁没吃晚饭，一个人悄悄迈进了丛林。如果虎国人已经驻扎在丛林里的某处平坦地，说不定会发现这团移动的火焰。他们说不好会立刻开始暴风骤雨般密集射击，罗宁更希望他们可以扔出一个燃烧瓶，把这里烧毁，然后风一吹，跟海底厚厚的火山灰融在一起。

罗宁又回到了这里。他没忘记这里。此时罗宁正用手触碰着那已经模糊难辨的印记——"123供应者"，却忽然看见不远处跳跃着一团更亮的火光。罗宁熄灭了手中的火把，隐蔽在一棵树后，然后像一只白鼬朝着火光的方向穿梭行进。围着那团火光的是几个罗宁不认识的人，月色朦胧，罗宁隐约看到那些人的脸上画着长长短短的线，看上去都是黑色的。当罗宁回到马戏团开始冲洗兽笼的时候，他终于意识到女王死了。但也许他看到的那个消融在火光中的物体，只是一头披着兽皮的野猪。在广大的动物世界盛行着公开的暴力，生物随时都可能被另一种生物吞噬。没有目的，没有选择，不会停歇，直到世界终结。

第二天下午，马戏团的大门口早早便围着很多人。街市上的人口耳相传，今天会有一场惊喜演出。没有人不喜欢惊喜，但不是什么惊喜都令人喜欢，尤其是在这样一个乱世。小武再三跟罗宁确认，罗宁面无表情，跟小武说，只管点燃引线，按下开关就好了。动物表演结束，那支大炮被推上了舞台。

他看见了蝴蝶。蓝色的，黑色的，数千数万只蝴蝶在额头上群群翻舞。十里远有一大群蝴蝶，那百万只蝴蝶羽翅的拍击声恰似正午的蝇虻。大概这是在战争吧。磷粉、折断的蝶脚、眼睛、触角，它们的长舌，如雨般落了下来。

罗宁站在舞台上，给所有到场的观众深深地鞠了一躬。他抚摸着这支大炮的炮口，朝着小武挥了挥手。等到罗宁从大炮中被弹出，小武才发现，大炮与地面的角度变了，飞出的罗宁并没有瞄准网上的红色靶心，而是向上飞去，他在帐篷顶上撞了个洞，一路直冲天空。

罗宁飞过团长的棚屋，看见团长正悠闲地抽着雪茄，点着手里的散票；罗宁飞过那只蜜鸟掉下来的草丛，看见它正安详地仰视天空，等待腐坏；接着罗宁飞过了水洼，飞过一条通往丛林的甬道。他飞不动了，打开了背后的伞包。唰的一声，一只白色的降落伞盛开在蔚蓝的天空。罗宁想起了那支白色、大概五厘米长的羽毛，他想起了万布脱下自己的降落伞绑在他身上的情景，他似乎进化成了一只鸟人，正进行着笨拙的试飞练习。这十几秒被无限拉长，罗宁企图将十八年的生命全部放进去。其实，本没那么可怕。当罗宁拖着几包行李悄悄从家溜走，当他乘着飞机进行不知多少次的试飞，面临的都是未知。但此时此刻，降落伞像一朵蘑菇，缓缓下落，罗宁感到自己正在上升。他不必担心太阳炽热的光芒把黏住羽毛的芬芳的黄蜡烤软烤化，也不必担心坠入大海，淹死在海底的漩涡。

A

　　他们在看这些稿纸上的字，交头接耳，窃窃私语。我挺直身板，盯着他们头顶上方的窗，有一只麻雀正停在窗沿，叽叽喳喳地叫，整个房间闷得令人发慌。就是这些？他们问我。我回过神，回应是的。还有什么要交代的吗？他们在给我机会。我摇了摇头。

两天后，我被放了出来，他们开始寻找这个叫罗宁的人，并给他定了个叛国的罪。他们打算把罗宁抓回来，但此时他们尚未意识到，假若纸上所写都是真实的，那么目睹了这一切却依然纵容它发生的我，才是罪大恶极。一个月过后，罗宁并没有出现。又过了一个月，他仍旧没来。当然，我可以随时让他来，也可以让他永远留在一片柔然的雾霭下。事实上，我想让他一直飞行，像那根羽毛一样，停留在安全的半空。因为我心中有愧，这是我无处寄托的感谢。

父亲把家里仅剩的一只鸡杀了，鸡血从父亲的手里涌出，土地就像是久旱逢甘霖，贪婪地吸吮着这些鲜红的液体。鹿国的土地还是这种香气，人只要闻上一段时间，就再也离不开了。肉体和精神对这种麻醉都上了瘾，一脱离麻醉状态，就觉得现实没有趣味，反而不愿意回到现实中来，这一点，或许能把人拖在迷宫里。而那些不愿困在迷宫里的人多奔走离散，纷纷逃往异国。鹿国的高官认为这是国家自身的新陈代谢，留下的都是爱国志士。这场运动持续了一年多后自然瓦解，我们一家幸免于难，而那灼热的红光不断折射，终于还是刺痛了他们的眼。

母亲死于痢疾时我三十五岁，那年我的第一本书得以出版，取名"伊卡洛斯的春天"。这本书的出版受益于时事，现在的鹿国时兴对历史的反思和重述，企图从历史的缝隙里抚摸那些早已成疤的伤口。我写了一个叫罗宁的年轻人从陆地到海岛的流亡，他不是被人诬陷的，而是为了他的母亲。他并不勇敢，却还是选择为一个比他更小、更加莽撞的男孩做出那也许会要了他性命的举动。除了审时度势地活着，我能做的并不多，浮游于文字之上，抬手举棋，挪移标点，都有所裨益。而直到四月初我领着小儿子回到老家，某一刻终于明白过来，我不是在用虚构给他们营造一座迷宫，它本身就是，我一直置身其中。

庭院破落，父亲已经垂朽，他在老房子前教我的小儿子折纸飞机。我听见他对我的小儿子说："你要当心，必须在半空中飞行，如果飞得太低，飞机会栽进前面的土沟，如果飞得太高，飞机会上前打转，然后飞到一个看不见的地方去。"最后，我看见父亲两只手搭在我的小儿子的肩膀上，他的手正在微微发抖。父亲抱了抱我的小儿子，然后在他的头顶上留下了一个吻。我的小儿子突然哭了起来，他也许是被父亲的胡茬刺痛了。父亲抱着我的小儿子，两条腿钳着他小小的身体，正慌张地安慰他。我起身，想要介入，忽然，那只纸飞机被掷了出去。它似乎是被一种莫名的力量拖着，一直在飞，一直在飞。吵闹声逐渐停下了，我们三个人都看向它。

我突然回想起罗宁第一次出现在我家门前时我的感受，跟现在有些类似。那时的罗宁恍若一股被捻成人形的青烟，他慢慢渗入门窗，从笔尖揉出，休憩于纸上，学习飞行。这些年我一直带着他的夙愿，要去看看那螺旋上升的尽头。我想，万事万物皆有可能出现，太阳很可能在下一秒将整个地球吞噬，而现在，美好的春天，就像一场幻觉。

他好像一个质量低劣的录音机

正用他那尖锐到失真的噪音

一遍一遍地重复着……

我是一片永不焕发生机的贫瘠之地。

迈克尔的忧伤叙事

1

腊月二十八，千禧年的冬天，我领他去一家理发店。

十一岁的男孩碍于脸面不再牵大人的手，东东迈着比肩膀宽的步子走在前，一次也没有回头。但当经过流动的炸串摊或烟花爆竹商店的门口，他会佯装作不经意地看上那么一眼。小小的举动，笨拙又可爱，我全都看在眼里。我想，孩子的把戏怎能逃得过大人的眼睛。临行前我告诉东东，如果这次再逃走，即便正月理发店都关了门，我也会毫不留情地把他那凌乱的毛头修剪干净。东东没有回应，开始奔跑，我咧着嗓子喊了一声，如果你不想我死掉的话。

我是东东的舅舅，二十七岁，目前在一家肉食厂工作，负责冷链运输。东东看我毫不费力就追上了他，泄了气，不再奔跑。他就像踩着烧烫的熨斗，以一种竞走的步子要与我划开界限。东东拐进迎春巷后消失了，我懊悔没把他盯得再紧一点。我大喊东东你给我出来，余音被窄巷的石墙消磨殆尽，最后什么也不剩。

东东晚上八点回了家，我姐掩着哭腔将一把剃刀交给我，让我把东东的黄毛全部剃掉。我觉得这是我姐的偏见，她担心东东会因此像他的父亲那样混迹黑社会，搞地下钱庄，最后惨死在堆成山的垃圾场里。案件最后不了了之，小小县城里始终维持着一种天下太平的假象，就像这个没有落雪的冬天。

那时我在南方的一所技校学艺，两年后毕业回了老家，托初中同学的关系进了一家规模不小的电子加工厂。后来父亲让我回家帮他照看养鸡场，我不愿意。父亲向来看不上我，所以他气愤地告诉我，他的遗产跟我半毛钱关系都没有。两年后，父亲因结肠癌去世，房产、破败的养鸡场以及六百多只没来得及卖出去的鸡仔都分给了大哥和二姐。很快，母亲随大哥去了美国。此间五年中美因北约轰炸我国驻南斯拉夫联盟共和国大使馆事件一度情势紧张，我们在担忧母亲安危的同时，也为此对母亲的一去不回表示理解。不过，母亲会给我们写信。她认的字不多，于是那张皱皱巴巴的信纸上寥寥几行全是错别字。收到母亲的信我姐很高兴，她把剃刀递给我之后，从抽屉里翻找出母亲今年寄给她的一封信，寄信日期和收信日期相差半年。信中母亲写到中秋节她吃了核桃月饼，我姐说咱妈是不是老年痴呆了。我指了指信封上的邮戳，我姐似懂非懂地点了点头，随后问我是不是也收到了。我嗯了一声，接过剃刀离开了房间。

那晚，东东却出奇安静，他不再反抗，而是坐在椅子上，任凭我将他的脑袋剃成一颗卤蛋。临走前，东东突然叫住我，他的眼睛里似乎流动着明亮的东西。他问我一封信寄到东营要用多久。我愣了愣，不知道东东为什么这么问。后来，当东东把他写好的那封信交给我的时候，我仍然不确定它会不会在半路夭折。不过我对东东说，舅舅会帮你的，这是我们之间的秘密。我拿着信封确认地址，却看到寄信人那栏写着一个奇怪的名字。我指着它问东东，迈克尔是谁。东东说是他的笔名。我说那样收信人就不知道到底是谁寄的了。东东皱着他那两条淡得近乎看不出来的眉毛，跟我说，我不想让他知道。

2

我坐在一辆送货的东风卡车上，听着收音机播送的早间新闻，等待和冷库的员工对接货物。腊月二十九，值完这最后一天班后会有五天假期，我需要回老家一趟。发小的父亲烧一周时，曾拜托我去帮忙。为了在外人眼里营造出一个孝子的形象，我不得不把那套烦琐的葬仪学会。后来我将其应用在父亲身上，效果还算不错。我们因那悲戚而凝重的场面都掉了眼泪，二姐哭得最凶。

从小到大，我跟父亲的关系向来不佳，或者说，大部分时间都处于一种紧张甚至是敌对的状态，尤其是在我读初中那会儿。那时的我要比现在的东东还长几岁，我时常会想父亲死掉，似乎这个家没了他的存在一切都会走向美好和光明。当然，二十七岁的我已无法回避我曾经的错误，那时我的确任性了一些。相比大哥的聪慧、二姐的乖巧，只有我，浑身上下透着一股桀骜不驯的劲头。印象最深的一次是初二升初三的暑假，父亲扬言要打死我，那是他第一次对我说出这样的狠话。我问迈克尔，一个男孩贪玩就罪该致死吗？仓库的火不是我放的，我对父亲说。当时我正用太阳聚焦在放大镜下的光点追赶被关在小铁盒里的蚁后，而那只蚁后是我用一个下午的时间摧毁了我家屋后的蚁穴才捉到的。我等待其他兵蚁来救它。半个小时，一只蚂蚁都没有出现。蚁后累了，我也累了，于是我用一块编织袋的碎片盖住铁盒，随手将放大镜扔在了上面。当我在河边看见一道绵绵不断的黑烟从家的方向升起的时候，我以为是母亲在烧火准备晚饭。我朝河里尿了泡尿，隐约听见女人的呼喊，但此刻为时已晚，整个仓库的烟草被烧毁了大半。火被扑灭后，大哥从飘散着烧焦烟草气味的仓库里拿着那只小铁盒和放大镜走到气急败坏的父亲面前，之后站在一旁的我被大哥揪了过去。也许大哥自小便显露出律师那铁面无私的特质，因而他才能在父亲去世之后，毅然决然地用法律手段将我从这个家彻底抛离。

那天是父亲出殡的日子，大哥颐指气使地看着现场包括母亲在内的所有人。他高举着户口本，指着我，声称我不是我爸我妈的孩子，我是被遗弃的，是捡来的，是这个家的扫把星。他甚至将我从小到大犯过的错尽可能地细数了一遍。我看着母亲，她什么都没说，但我看得出她眼睛里的躲闪。为了证明我的身份，葬礼结束后我和母亲商量说我们去一趟医院，做个亲子鉴定，大哥的怀疑就会打消了。母亲是个不太会说话的人，我很快从她支支吾吾的回应里得到了结果。

母亲去美国前，曾经独自一人到我的出租屋找过我。那段时间我整日酗酒，从电子加工厂辞了职，无所事事，意识迷乱。面对站在门口不知所措的母亲，我倒显得坦然。母亲跟在我身后，我从床头收拾出一块干净的地方给她坐，母亲吸了吸鼻子，不知是感冒了还是在哭。当然，母亲解释得一塌糊涂，我大都没听进去。她除了哭还是哭，我终于感到了厌烦，她和父亲一样都是骗子，父亲是凶狠的骗子，她是温柔的骗子，他们没有本质的区别。酒精在我的大脑神经中像海绵一般吸走了理智，我对她说你走吧，我什么都不想听。我似乎终于从父亲对我的诸多惩罚中得到了解释，我任他打骂，懦弱的母亲不敢阻止，因为我根本就不是他们的孩了。我记不得我是从什么时候开始抽烟的，烟瘾重的时候两天抽完一包。母亲来出租屋找我的那天，桌上的一条烟刚刚被我抽尽，我很烦躁，似乎对她发了很大的脾气。母亲哭着走出屋子，我一把拉上房间的窗帘，当时我还不知道，那已是我和她的最后一面。

3

　　第一道菜，蒜香土豆丝。

　　东东坐在我的对面，正用倒扣的玻璃杯跟沾了水的桌面进行一项自得其乐的吸盘游戏，显然他对这道菜毫无兴趣。我知道这是二姐的小心思，蒜香土豆丝是母亲的拿手菜。二姐说她不在乎我和她之间有没有血缘关系，而这是我和他们一起度过的第五个大年夜。六个菜上齐后，二姐落座，她看了看东东的头发，然后往我的杯子倒了半杯白酒，接着又给她自己倒了半杯，东东喝果汁。那我们开始？二姐举起杯，这是她一贯的开场白。一年又这样过去了，没有太大的波澜，喝完再续，喝完再续，人的酒量总是有限的。

　　春晚的主持人在齐声倒数，为了跨越千禧年，人们的声音似乎比从前更加整齐洪亮。连东东也在倒数，五、四、三、二、一！这一刻，东东十二岁了，然而年龄的节点并不意味着成长蜕变的发生。在东东交给我那封信的时候，他并没有立刻用胶水密封。小孩子的秘密对我而言本就没什么吸引力，所以我说那封信是自己从信封里掉出来的。而我捡起它的时候，碰巧吹过一阵风将它摊平。我的烟刚好抽完，百无聊赖。

　　落款是迈克尔。

　　大年初一的下午，我乘大巴回了老家，几个幼时的伙伴在发小家里围了一桌。其实农村葬礼的习俗我们都不算懂，有人骂都是陋习，应该废止。发小可不想在父母死后落得一个不孝的骂名，于是直到葬礼的前一夜，他嘴里仍时不时念叨着流程和忌讳。他那紧张兮兮的样子，让我并不觉得他揣着什么悲痛的情绪。一切顺利，一切顺利。在发小喋喋不休的自语里，葬礼结束了。亲戚好友聚在村口的饭店里吃解秽酒时，发小看起来总算轻松了一些，接着他关心起了别人的事。最先是我。

有什么线索了吗？发小捧着一瓶杏花村，将我的酒杯添满。我自然知道发小说的线索是指什么。我闷了一口，杯子又空了。我只是摇了摇头。发小没再过问，他抱着那瓶杏花村，端着酒杯去到别桌座席问候亲友。我两只手在桌下揉搓着白色的塑料桌布，几个留在老家的伙伴推杯换盏，侃聊国家大事。整个氛围喧嚷又和谐，仿佛我们聚在一起不是因为一件丧事。

是没有线索，还是没再找。我不确定发小对这个摇头动作的理解是什么。前几年我做过不少努力，比如依照母亲残缺模糊的记忆，在村委会娱乐室的四周打探。母亲说她是在这片空地上发现的我，她说"是个冬天，你就像只可怜的小狗"；另外我也拜托过在派出所工作的同学，但由于年岁久远，尚未找到稍有眉目的线索。东东父亲去世后一个月，某天下午途经白河州公园的时候，我偶然看到一个鬼鬼祟祟的男人躲在一座大象滑梯的后面，正偷瞄着什么。我在公园外围又走了一段距离后停下，发现了东东。跟他坐在同一张靠椅上的是一个穿着白色背心、手臂上文有一条长龙的男人，他戴着墨镜，顶着一头黄色的乱发，两人偶有交谈。突然，滑梯后的男人冲了出来，他像一只黑色的臭鼬朝着某个方向快速前进。然后，我听见东东在呼喊，他好像一个质量低劣的录音机，正用他那尖锐到失真的嗓音一遍一遍地重复着，爸爸，爸爸。

4

他不是我爸！

我永远记得我说过的这句话。我曾对发小说过，对老师说过，对母亲说过，甚至对他本人说过。现在它终于被证实，我就像一个了不起的预言家。回忆那段对我来说炮火连天、对祖国而言蓬勃发展的年代，有一种无法言喻的痛苦。父亲没有出轨，在艰苦岁月中一人维持全家的生计，他本是一个称得上伟大的父亲。我不知道他选择接纳我这只可怜的小狗究竟下了多大的决心，又在此后的时间里后悔过多少次，也许跟他骂我打我的次数不相上下。他就像是一个抽水泵，释放完后就空了，而北方的内陆少有雨天，于是不得不反复，再反复……我是一片永不焕发生机的贫瘠之地。

有一天我告诉东东那封信被退回来了，我毫无预料他会忽然哭出来。那是一封道歉信。我告诉东东那个腹部中刀的男人不是你的爸爸，他也是地下钱庄的，他试图通过你得到你爸爸的秘密消息，他受伤并不是因为你。东东什么都听不进去，他只是在小声地哭，他或许以为那个男人跟他的爸爸一样死去了。我没有解释，心里想着这样最好不过，因为我怕地下钱庄的权钱勾结最终会波及东东。我不明白我为什么要保护这样一个跟我并没有血缘关系的男孩。我想告诉东东，没了爸爸你一样可以活得很好，反正人最后总要成为孤儿的。但这句话我只是想了想，然后咽回肚子里，因为我认定东东根本不会明白。

大年初二傍晚，送神的炮声响彻村子的河塘和杨树林。村里去世的人几乎都葬在一块规划出的坟地，父亲当然也在那。我跟发小说你们去吧，我在这抽根烟。鞭炮声不绝，我背着风点烟，所以并没有注意到发小跑来。白色的雾气从他黄色的牙齿缝隙里冒出来，发小说，你父亲的碑被人搞了。

墓碑被人泼了红色的油漆，碑文近乎全被覆盖。我看着那如同一条巨大舌头的墓碑，心里最先冒出米的竟并不是听到这个消息时的暗自窃喜，而是轻轻的一声叹息。强势了一辈子的父亲现在只是一堆埋入地下布满小洞的碎骨，他什么都做不了。发小的亲友们在我身后交头接耳，对我指指点点，他们认为这是我做的！我回头看向他们，发现自己根本没有勇气跟他们对视，即便我根本没做这件事。我下意识地想要逃离，于是我跑过河塘，穿过树林，最后停在门口拴着一条狼狗的房前。它看着我，我也看着它，在它的眼里，我或许就是一个无家可归的人。

初三，回了县城，我去了二姐家一趟。东东不在，我跟二姐提了一嘴父亲墓碑被泼油漆的事。二姐火冒三丈，问我是谁干的，我说不知道。她用一种恶毒的语气骂那人不得好死，她指着半空在骂，那种最恶劣的脏话从她嘴里说出来倒有些可笑。茶几上放着一包打开的烟，我问二姐有人来过吗，二姐只是点点头，快步走过去将那包烟揣进兜里，然后笑了笑，将垂在额前的碎发捋到耳后。我仔细一闻，空气里散着一股淡淡的香水味。我说姐，你喷香水了。她什么都没说，让我带走了一盒包装精致的点心。

年后，我被调到了运输部，一个月有二十天都在外开车跑线。那天我如往常一样，开着货车将一车冷藏火腿运往 A 城，半路我接到了二姐的电话，她带着哭腔，声音听起来很急切，这个那个的半天说不清楚。连续开了一上午的车，我又饿又困，心情烦躁，于是我吼了她一嗓子，到底什么事！一阵沉默，然后我听见她用一种更小的声音说，东东不见了。

5

迈克尔独自坐在白河州公园的石象背上，他点点头，喃喃地说着什么。迈克尔说他不是一个坏爸爸，他抽烟、酗酒，身上有伤，但他不是一个坏爸爸。迈克尔跟他的爸爸一直住在一起，他们住在一所不会漏风的房子，他们留着同样的发型，他们有时候说说笑笑，有时候又很长一段时间彼此什么都不说。有叔叔来见爸爸的时候，迈克尔通常会留在自己的房间里画画，他用蜡笔在自己的日记本上画，画太阳、云朵，画一大一小的两个人。画完的时候，迈克尔小心启开房门，发现叔叔和爸爸都不在了，只有一个女人。迈克尔走过去问她是谁，他试图把她赶出去。女人说她是迈克尔的妈妈。

这个自称是迈克尔妈妈的女人每天对他悉心照料，但爸爸再也没有回来。女人说爸爸死了，他再也不可能回来了。迈克尔扬起他脚下的一只拖鞋摔在了女人身上。那天他们谁都没有说话，女人只是把做好的蒜泥土豆丝端到桌子上，然后她坐在沙发上睡着了。半夜醒来的时候她看见土豆丝上爬满了苍蝇，她吓得尖叫。女人突然意识到，这是她一生中犯过最大的错误。她不该在迈克尔五岁的时候独自一人带着家里的积蓄跑去南方的一个画室，跟所谓的大师学习水彩。她为她的偏执付出了代价。她被关在一间脏脏小小的屋子里，里面的人只穿着内衣，每个人都有自己的事情，谁也不关心谁。五年后她终于找到机会从这个传销组织逃了出来，她在街边的电话亭用身上仅有的一元硬币打了电话，她没有打给警察局，而是打给了家里。电话一声一声嘟嘟地响，每响一声她心里的愧疚便增添一分，她在祈祷，在哀求。响了整整八声，电话才接通，那头传来一个男孩的声音，她终于绷不住了。她对着话筒啜泣道，错了，妈妈错了。

女人回来的当天，一个男人正站在家门口，女人依稀觉得眼熟，于是说了一个名字，男人回头迟疑了片刻，问，嫂子？男人留下一个坏消息后离开了。后来，这个男人在白河州公园被人捅破了肠子，当时迈克尔也在场，他像一个乖巧的白鸟坐在椅子的另一头，鲜血染红了他的羽翼和短喙。男人受伤之前正跟迈克尔说些什么，现在这些话只有迈克尔自己知道。再后来，迈克尔给这个男人写过一封信。迈克尔说他很抱歉，他觉得爸爸和叔叔的死都是自己的错。

我不知道迈克尔为什么会有这种想法，我想，孩子的心思怎能逃得过大人的眼睛，何况他那么小，会有什么难以捉摸的心思。这是我在见到二姐，听她抽噎着说完她又一次犯了不可原谅的错误后写下的文字。我安慰二姐，这不是你的错，人都有权利追寻自己的幸福，你自己一个人带东东也不容易。二姐的身上仍然有一股淡淡的香水味，我无法确定那是不是一种幸福的味道。

6

每个家庭都有独属的秘密，如一个黑匣子，揭开它会造成伤害，不揭开同样会造成伤害。有些秘密甚至会在当事人死后被挖出来，然后像热气腾腾的猪血洒在坚硬的墓碑上那样，再次伤害一些人。

我陪二姐在派出所做完笔录后，在街上漫无目的地走，自欺欺人地心想也许会在某个拐角撞见东东。走了一会儿，我问二姐，你知道咱爸生前得罪过什么人吗？二姐求我别再说这些了，她现在很急躁。我说好，之后我陪二姐回了家。当我们走进家门后，我看见东东正坐在沙发上，手里握着一个游戏机在聚精会神地玩。二姐冲过去，一把抱住了东东的小脑袋，她的身体在不停地发抖。我以为二姐会有一连串的问题抛向东东，但没有，二姐只是抱着东东哭，她一句话都没有说。

两天后，轮休日，我一觉睡到中午，二姐喊我去家里吃饭。半小时后我抵达二姐家，是东东给我开的门。东东站在门口，乖巧得像只鹌鹑。进门后，我一眼看到餐桌旁坐着一个男人，他的背影正对着我。之后他起身，笑着走向我，他穿着干净的白色衬衫和黑色西裤，一双哑光皮鞋踩在大理石地板上，发出厚实的声响，是那个被捅破肠子的男人。我们握了手，之后我溜进了厨房。二姐将一盘炒蒜薹递给我，我小声问她这是怎么回事。二姐盯着我看了半天，笑了，她说不是我想的那回事。我问她那天东东是跑去哪了。我是在质问她，东东的出走是不是因为她。二姐告诉我东东那天一直和同学在白河州公园的大象滑梯里面，他迷上了游戏机，用光了电池里的电，不小心在滑梯的洞里睡着了。二姐拍了拍我的肩膀，示意我将菜端出去。离开前，我刻意闻了闻，二姐身上更多是呛人的油烟味。

席间，男人和二姐之间彼此十分客气，男人喊二姐嫂子，二姐话语里满是感激。后来，经二姐之口我才知道，原来这个男人是警察安插在地下钱庄的卧底，他最终找到了东东父亲握有的几个大客户的借贷票据和赃款的洗钱走向，警察一举端了钱庄的窝点。最令我震惊的是东东的父亲因贡献了重要的线索，竟在死后被警察局奖励了五千元人民币，要知道，这笔钱在当时可不是小数目。男人走后，二姐回厨房收拾厨余，而我陪东东在房间里玩游戏机。东东说这是妈妈买给他的，他目不转睛地盯着那块黑白屏幕上几个点构成的小飞机，努着油亮的小嘴暗自使劲。我问东东，那个叔叔没有死掉你是不是很高兴。东东没有看我，只是点点头，手里快速地按动着几个按键。我突然想起东东写的那封信，担心东东觉得我骗了他，于是我继续问，那你讨厌舅舅吗？东东摇摇头。我感到欣慰，心想本该是这样的，写信的人不是东东，而是迈克尔。迈克尔只存在于那张已经消失不见的信纸上，存在于写下那些满怀歉意的句子所耗费的时间。离开前，我问了东东最后一个问题。我问他，如果那个叔叔要做你的爸爸，你愿意吗？

7

　　母亲去世的消息漂洋过海通过无线电波传来的时候，我正在昏暗的出租屋里对着一本色情杂志上丰腴的外国女人手淫。我说我就要出来了，再等等，然后我骂了一句，停下手里的动作，接起了前些日子刚刚装上的座机。我想起东东在听到那个问题时左右摇摆的小脑袋，小飞机从三个点最终变成了一个，游戏结束。此刻我感觉自己真正成了一个孤儿。

　　半个月后，我从二姐那听说大哥带着母亲的骨灰回了老家。二姐让我去参加母亲的入土仪式，算是陪母亲走完最后的路。我想了想说还是不了，大哥肯定不希望我出现。二姐说好，随你吧，扣掉电话后没多久她又打了过来。二姐说你不是问咱爸有没有得罪过什么人吗，接着她沉默了片刻，问我还记不记得从前仓库被烧的事。

　　"那一仓库的烟草当时已经签了单子，咱爸为了交上那两万块的违约金把养鸡场抵了出去，还差不少钱。他曾经两天两夜没睡觉给人拉大棚，催款的人跟咱爸动过刀子，这些你都知道吗？后来他实在没办法了，又跟人去卖血。咱爸压根不是得结肠癌去世的，而是过劳死。当时大家都说癌症是富贵病，所以就想造个幌子，总比说累死好听。你十几岁就离开了家，去外面上学、打工，这些事你都不知道。你要是不信，现在我也没法让咱妈亲口跟你说。我说这些不是想责怪你，我知道那并不是你的错。其实，咱爸是个可怜的人，他没来得及留下遗嘱，不在一个户口，不代表你就不是他的儿子。"

　　挂断电话，我并没有为我曾经的过错感到懊悔。东东的爸爸成了英雄，这世界上的爸爸在某个时刻都曾是孩子心里的英雄，即便是一个很烂的爸爸。二姐的一番话让听筒发烫，上面湿湿的全是手心渗出的汗。我心里的疙瘩仍然还在，像一个被靶向药物攻击后停止生长的肿瘤。后来，我一个人去白河州公园散心，当我路过大象滑梯，偶然听见那洞里传来一种孱弱的哭声。我弯腰钻进洞里，发现那是一个包裹着娃娃玩偶的襁褓。他很小，四肢柔软无力，睫毛是银白色的，不知是被哪个粗心的孩子遗漏在这。那一瞬间，我突然想到二十七年前的冬天，父亲看到我时，是不是也像那一刻的我，嘴角微微上扬，在心里默默地说："真是个可怜的小东西。"

图书在版编目（CIP）数据

刺与月牙渐变色 / 倪晨翡著. -- 济南 : 山东文艺
出版社, 2025. 5. -- ISBN 978-7-5329-7337-8

Ⅰ. I247.7

中国国家版本馆CIP数据核字第2025XJ7167号

刺与月牙渐变色
CI YU YUEYA JIANBIANSE

倪晨翡　著

主管单位	山东出版传媒股份有限公司
出版发行	山东文艺出版社
社　　址	山东省济南市英雄山路 189 号
邮　　编	250002
网　　址	www.sdwypress.com
读者服务	0531-82098776（总编室）
	0531-82098775（市场营销部）
电子邮箱	sdwy@sdpress.com.cn
印　　刷	山东临沂新华印刷物流集团有限责任公司
开　　本	880 毫米 × 1230 毫米　1 / 32
印　　张	8.25
字　　数	157 千
版　　次	2025 年 5 月第 1 版
印　　次	2025 年 5 月第 1 次印刷
书　　号	ISBN 978-7-5329-7337-8
定　　价	59.00 元

版权专有, 侵权必究。如有图书质量问题, 请与出版社联系调换。